U0079137

"親子互動自然發音"

金旼奏（Minju Michelle Kim）／著　張芳綺／譯

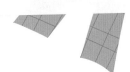

全MP3一次下載

http://www.booknews.com.tw/mp3/9789864543175.htm

此為ZIP壓縮檔，請先安裝解壓縮程式APP，
iOS系統請升級至iOS 13後再行下載。
此為大型檔案（約125M），建議使用WIFI連線下載，以免占用流量，
並確認連線狀況，以利下載順暢。

作者的話

發音是閱讀英語的第一步！

大家好，我是以 Michelle 這個名字活動的金旼奏（Minju Michelle Kim）。為了幫助每個孩子都能夠輕易簡單地開始英語閱讀，我彙整了這段時間研究出來的學習方法，進而撰寫出這本發音書。我期許以這本書作為發音基礎的孩子，以後都能夠有自信地閱讀英語原文書，雖然在寫書的過程中很辛苦，但我寫得很愉快。

這本書是以簡單有趣的內容所構成的，讓孩子能夠獨自學習。最重要的是，給予孩子每天可以沒有負擔學習的分量。如果每日學習量過多，可能會讓孩子本身失去學習英語的樂趣，而放棄學習英語。

接下來，我會來簡單回答爸爸媽媽針對學習發音最常會詢問的幾個問題吧！

⭐ 發音（phonics）是什麼？

發音是學習字母固有的發聲，進而去教導閱讀與書寫的其中一種方法。

⭐ 學習字母與發音有什麼不同？

一般來說，在學習字母的時候，會著重在學習字母的名稱、型態，以及正確的寫法，所以不會特別著重在字母固有的發音。相反地，在學習發音的過程中，會學習字母的發音並學習組合單字的方法。也就是說，發音可以被視為學習字母後的下一個階段。

⭐ 孩子必須學習發音嗎？

如果孩子在剛開始接觸英語時就學習自然發音，就可以讓孩子掌握從一開始就熟悉正確英語發音的優點。學習英語發音之後，就連剛接觸到的單字也能夠連結發音與字母，並且有自信地讀出單字。如果能正確地讀出與寫出單字，就能培養孩子對英語的自信與學習興趣，進而提升學習閱讀的專注力。因此，隨著孩子的英語閱讀量累積得越多，自然而然他的聽力、口說、寫作也會跟著進步。因此不只是閱讀，就連寫作、聽力、口說等整體英語實力都是提升的目標，所以一定要紮實地幫助孩子建立發音基礎。

⭐ 不是發音專家的爸媽也能夠在家裡教導孩子嗎？

父母在家裡也能夠充分教導孩子發音。透過給孩子聆聽發音、進行多樣的練習遊戲，幫助孩子學習發音。運用這本書，任何人都能夠輕鬆地教導小朋友發音。即使是第一次接觸發音的父母與孩子，以及想再次建立發音基礎的小朋友，都能有系統地跟著本書設計的單元愉快地建立發音基礎。

我認為讓孩子第一次學英文就開始接觸發音，對孩子一生的英語學習有巨大的影響。根據我教導小朋友的經驗與許多資深父母的經驗為基礎，讓我能夠傾盡全力寫出這本書，也讓孩子可以愉快地學習發音並在學習上沒有負擔。這是一本讓人想要一直翻閱、呈現多元面向的禮物。我可以很有自信地向您誠摯推薦這本書！

金旼奏 Minju Michelle Kim 敬上

本書的構成與運用

▎UNIT

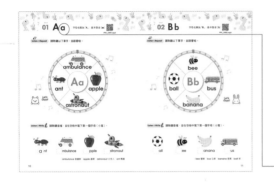

★ 理解字母讀音與發音規則

本書由五個部分組成。在 PART 1 中學習 26 個英文字母的基本發音；PART 2 ～ PART 5 學習基礎的發音規則。PART 2 學習短母音、PART 3學習長母音、PART 4 學習雙子音以及 PART 5 學習雙母音。每天記住 4 個單字，好好熟悉發音吧。

❗ A 的小寫能書寫成 α 與 a 兩種形式。

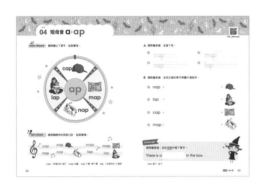

★ 跟著唱英語口訣

跟著唱英語口訣是能夠掌握正確發音最有效的方法。孩子跟著唱輕快的英語口訣，就會自然而然地熟悉並記住發音與單字。

★ 熟悉多樣的活動練習題

為了要讓孩子熟悉字母發音與發聲規則，本書提供適當的活動練習。有準備了各式各樣的活動練習題：聆聽音檔並跟著讀單字、聆聽後寫單字，以及把發音與單字連連看。

在 PART 2 ～ PART 5 中，有聆聽句子並在空白處填入單字的 Challenge 練習題。在 PART 2 與 PART 3 中的 Challenge 還有聆聽句子並在空白處填寫單字的練習，讓孩子充滿趣味地學習吧！PART 4 與 PART 5 中的 Challenge，也有聆聽句子並在空白處填寫的練習，但比 PART 2 與 PART 3 中要填寫的空白處更多，所以孩子必須仔細聆聽！

REVIEW & LEARN MORE!

★ 加強複習

在單元之間有 REVIEW 單元複習學習過的內容。透過多樣的練習活動讓孩子可以複習各種字母的讀音、發音規則與學習相關單字。

★ 學習其他的發音規則

精心整理及呈現有幫助的發音規則，像是了解長母音 e、注意 r 發音與無聲發音的解說。不要只是看過一遍，應該要聆聽母語者的發音後，跟著讀來熟悉正確發音的方法。

答案

★ 確認答案

做完活動練習題後，可以確認孩子的答案是否正確。如果孩子答錯了，爸媽和孩子可以再重新閱讀發音並再次確認為什麼會錯誤。透過這樣確認的過程，讓孩子可以完全內化他們學習過的內容。

目錄

PART 1　字母發音

PART 2　短母音

字母發音

構成英文單字的基本單位為一個一個的**字母（alphabet）**。英文字母總共有 26 個。這些字母如同 a、b、c 一樣都有名稱，每個都有**大寫字母**與**小寫字母**。

大寫字母 A B C D E F G H I J K L M N O P Q R S T U V W X Y Z

小寫字母 a b c d e f g h i j k l m n o p q r s t u v w x y z

字母表中的字母不只有名稱，每個字母也都會有各自的發音。a 通常都發 [æ]、b 通常都發 [b]、c 通常都發 [k] 的發音。由於英文發音很難完全用中文注音來標示，因此本書皆會使用音標來表示。我們來看每個字母（alphabet）都發什麼音吧！

A a

字母名稱為「**A**」| 基本發音 [æ]

P01_U001.mp3

 Listen & Repeat　請聆聽以下單字，並跟著唸。

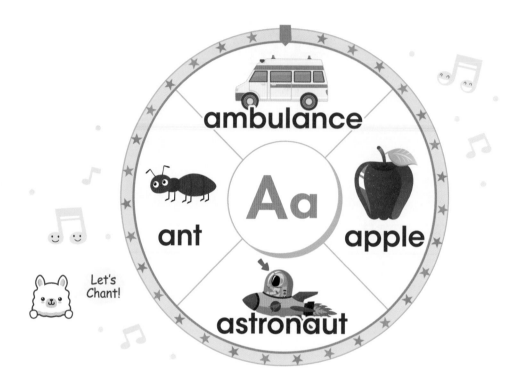

ambulance

ant

A a

apple

astronaut

Let's Chant!

Listen & Write ✏　請聆聽音檔，並在空格中寫下第一個字母（小寫）。

| a | nt | | mbulance | | pple | | stronaut |

・ambulance 救護車　apple 蘋果　astronaut 太空人　ant 螞蟻

字母名稱為「**B**」| 基本發音 [**b**]

P01_U002.mp3

 Listen & Repeat 請聆聽以下單字,並跟著唸。

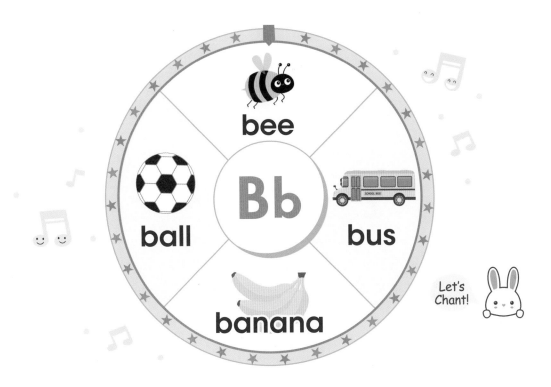

bee

Bb

ball

bus

banana

Let's Chant!

Listen & Write 請聆聽音檔,並在空格中寫下第一個字母(小寫)。

☐ all   ☐ ee   ☐ anana   ☐ us

• bee 蜜蜂   bus 公車   banana 香蕉   ball 球

字母名稱為「C」| 基本發音 [k]

P01_U003.mp3

Listen & Repeat 請聆聽以下單字,並跟著唸。

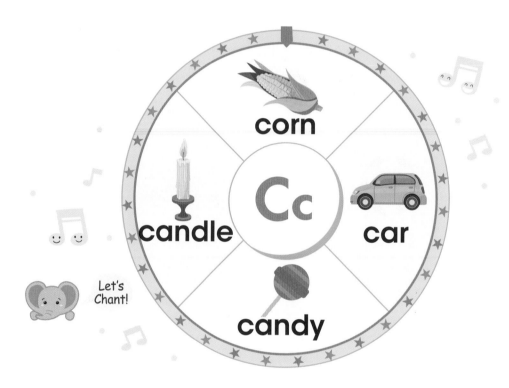

corn

candle

Cc

car

Let's Chant!

candy

Listen & Write 請聆聽音檔,並在空格中寫下第一個字母(小寫)。

| | andy | | orn | | andle | | ar |

• corn 玉米　car 車,汽車　candy 糖果　candle 蠟燭

字母名稱為「**D**」｜基本發音 [**d**]

P01_U004.mp3

Listen & Repeat　請聆聽以下單字，並跟著唸。

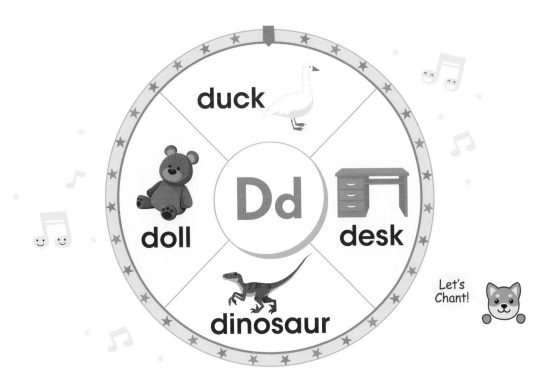

duck

doll

Dd

desk

dinosaur

Let's Chant!

Listen & Write　請聆聽音檔，並在空格中寫下第一個字母（小寫）。

☐oll　　☐esk　　☐uck　　☐inosaur

・duck 鴨子　　desk 書桌　　dinosaur 恐龍　　doll 玩偶

13

字母名稱為「E」| 基本發音 [ɛ]

P01_U005.mp3

 Listen & Repeat 請聆聽以下單字，並跟著唸。

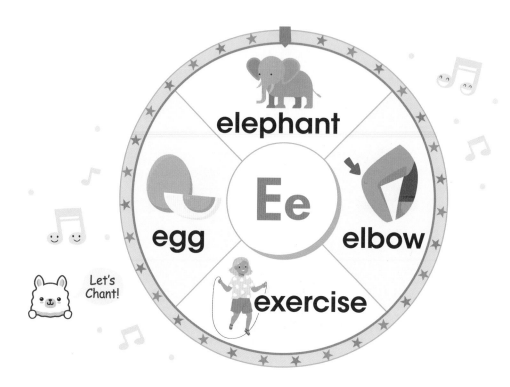

elephant

Ee

egg

elbow

Let's Chant!

exercise

Listen & Write ✎ 請聆聽音檔，並在空格中寫下第一個字母（小寫）。

 ☐ gg

 ☐ lephant

 ☐ lbow

 ☐ xercise

・elephant 大象　elbow 手肘　exercise 運動　egg 蛋

字母名稱為「**F**」| 基本發音 [**f**]

P01_U006.mp3

 請聆聽以下單字，並跟著唸。

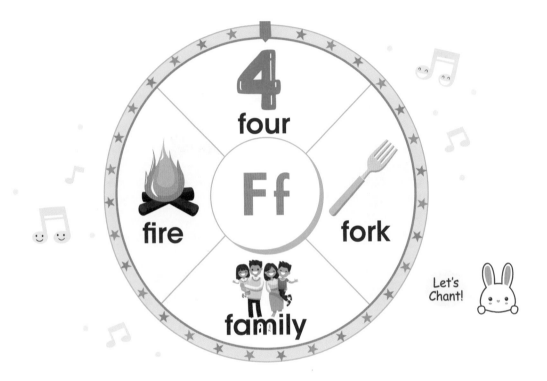

Let's
Chant!

Listen & Write 請聆聽音檔，並在空格中寫下第一個字母（小寫）。

 ☐our

 ☐amily

 ☐ork

 ☐ire

·four 四，4　fork 叉子　family 家庭，家人　fire 火

REVIEW 01

A 請聆聽音檔，並圈出單字的第一個字母。

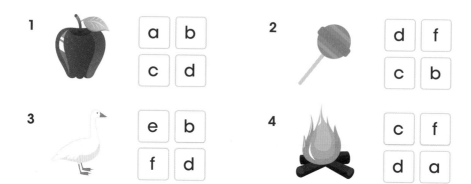

1
a　b
c　d

2
d　f
c　b

3
e　b
f　d

4
c　f
d　a

B 請聆聽音檔，把字母連到正確的圖片，並在方框裡寫下單字的第一個字母。

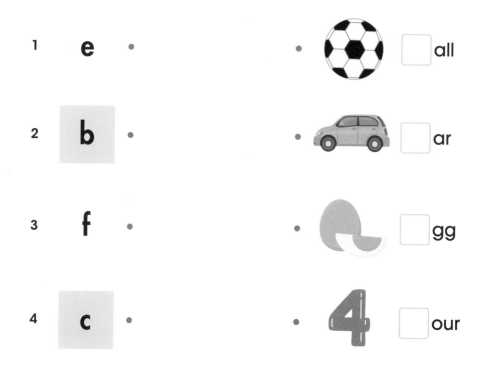

1　**e**　•

2　**b**　•

3　**f**　•

4　**c**　•

•　☐all

•　☐ar

•　☐gg

•　☐our

C 請聆聽音檔，並把字母與第一個字母<u>相同發音</u>的單字全部圈起來。

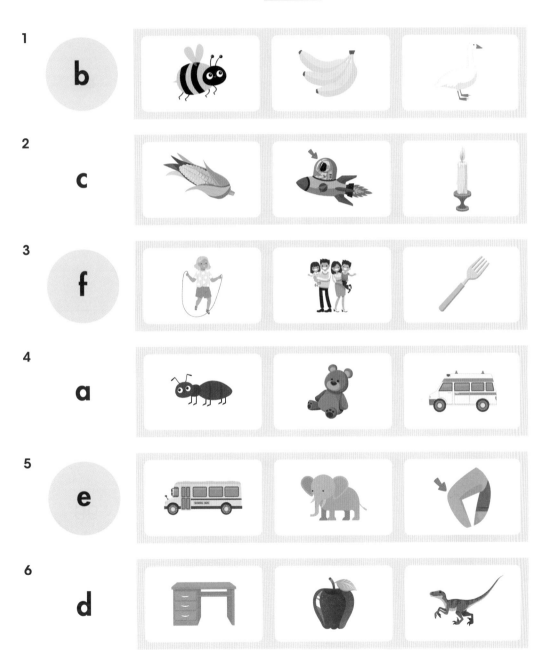

G g

字母名稱為「**G**」| 基本發音 [**g**]

P01_U007.mp3

 請聆聽以下單字，並跟著唸。

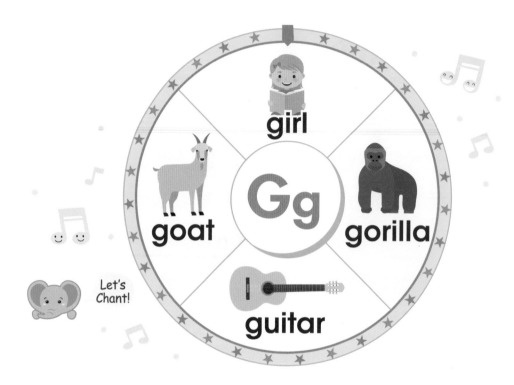

girl

goat

Gg

gorilla

guitar

Let's Chant!

Listen & Write 請聆聽音檔，並在空格中寫下第一個字母（小寫）。

 ☐ orilla

 ☐ oat

 ☐ irl

 ☐ uitar

· girl 女孩　gorilla 大猩猩　guitar 吉他　goat 山羊

字母名稱為「**H**」| 基本發音 [**h**]

P01_U008.mp3

 請聆聽以下單字，並跟著唸。

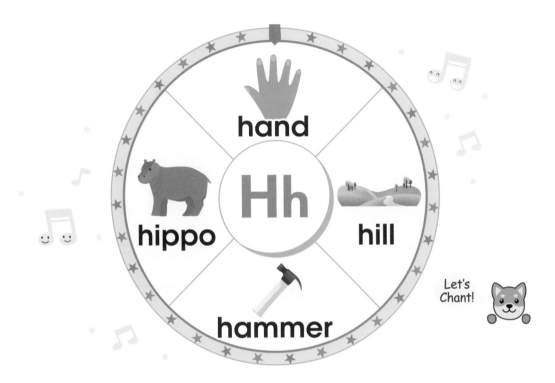

Let's Chant!

Listen & Write 請聆聽音檔，並在空格中寫下第一個字母（小寫）。

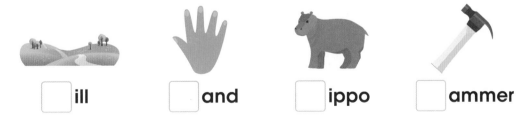

| ill | and | ippo | ammer |

・hand 手　hill 山丘　hammer 錘子　hippo 河馬

19

字母名稱為「ɪ」| 基本發音 [ɪ]

P01_U009.mp3

Listen & Repeat 請聆聽以下單字，並跟著唸。

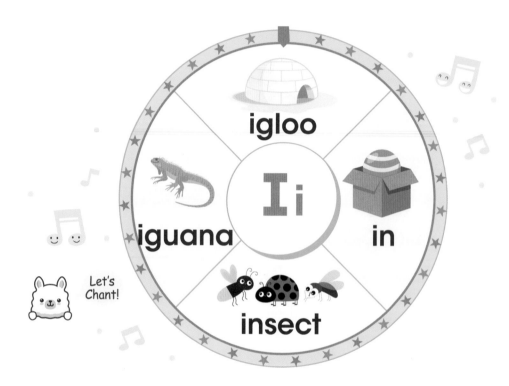

igloo

iguana

Ii

in

insect

Let's Chant!

Listen & Write 請聆聽音檔，並在空格中寫下第一個字母（小寫）。

| ☐ n | ☐ nsect | ☐ gloo | ☐ guana |

・igloo 冰屋　in ~ ～裡面，～進入　insect 昆蟲　iguana 鬣蜥

字母名稱為「**J**」| 基本發音 [dʒ]

P01_U010.mp3

 請聆聽以下單字，並跟著唸。

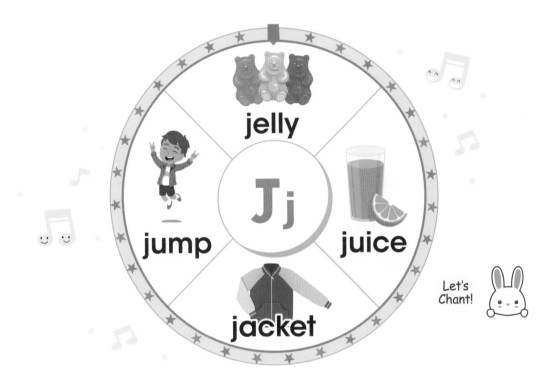

Let's Chant!

Listen & Write 請聆聽音檔，並在空格中寫下第一個字母（小寫）。

| ___acket | ___ump | ___uice | ___elly |

• jelly 軟糖　juice 果汁　jacket 夾克　jump 跳躍，（向上）跳

字母名稱為「**K**」| 基本發音 [k]

P01_U011.mp3

 Listen & Repeat　請聆聽以下單字，並跟著唸。

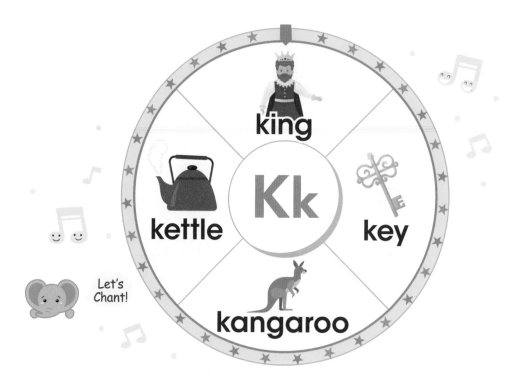

king

Kk

kettle

key

Let's Chant!

kangaroo

Listen & Write 🖉　請聆聽音檔，並在空格中寫下第一個字母（小寫）。

　ing

　ey

　ettle

　angaroo

・king 國王　key 鑰匙　kangaroo 袋鼠　kettle 水壺

字母名稱為「**L**」| 基本發音 [**l**]

P01_U012.mp3

Listen & Repeat 請聆聽以下單字，並跟著唸。

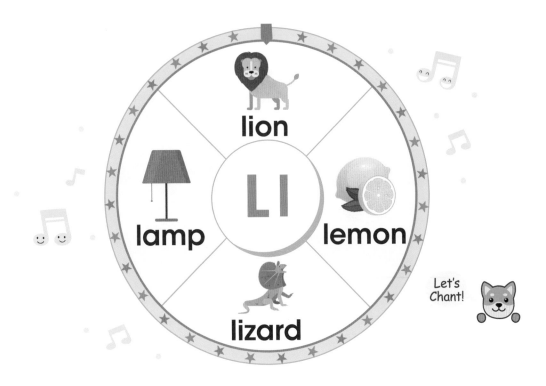

lion

Ll

lamp   lemon

lizard

Let's
Chant!

Listen & Write 請聆聽音檔，並在空格中寫下第一個字母（小寫）。

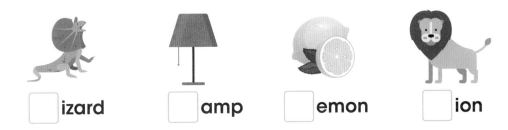

☐ izard   ☐ amp   ☐ emon   ☐ ion

· lion 獅子   lemon 檸檬   lizard 蜥蜴   lamp 燈

23

REVIEW 02

A 請聆聽音檔，並圈出單字的第一個字母。

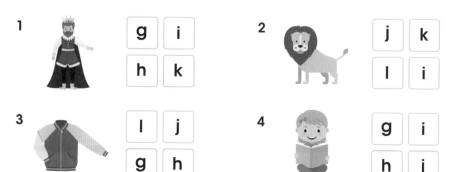

1

g	i
h	k

2

j	k
l	i

3

l	j
g	h

4

g	i
h	j

B 請聆聽音檔，把字母連到正確的圖片，並在方框裡寫下單字的第一個字母。

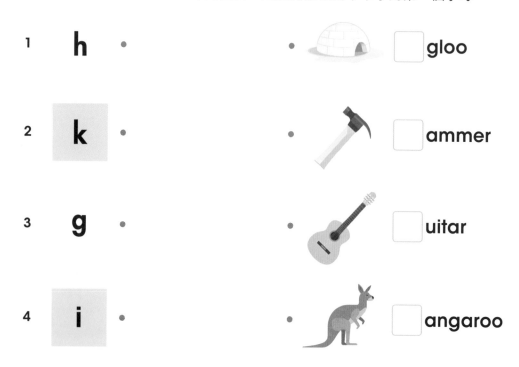

1 **h** •

• ☐ gloo

2 **k** •

• ☐ ammer

3 **g** •

• ☐ uitar

4 **i** •

• ☐ angaroo

C 請聆聽音檔,並把字母與第一個字母相同發音的單字全部圈起來。

1 k

2 j

3 l

4 g

5 h

6 i

P01_U013.mp3

Listen & Repeat 請聆聽以下單字,並跟著唸。

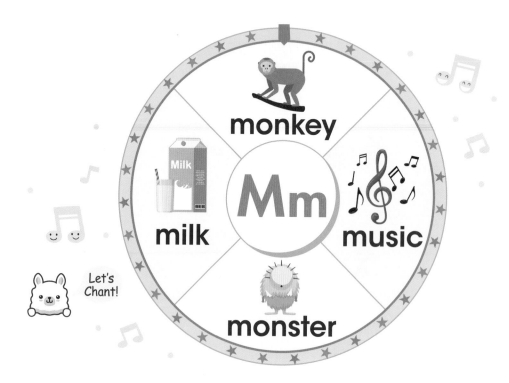

monkey

milk

Mm

music

monster

Let's Chant!

Listen & Write 請聆聽音檔,並在空格中寫下第一個字母(小寫)。

☐onkey   ☐onster   ☐usic

☐ilk

• monkey 猴子   music 音樂   monster 怪獸   milk 牛奶

字母名稱為「N」| 基本發音 [n]

P01_U014.mp3

Listen & Repeat 請聆聽以下單字,並跟著唸。

nail

Nn

nest

nurse

necklace

Let's Chant!

Listen & Write 請聆聽音檔,並在空格中寫下第一個字母(小寫)。

☐ urse ☐ ail ☐ ecklace ☐ est

· nail 指甲　nurse 護士　necklace 項鍊　nest 鳥巢

27

字母名稱為「O」| 基本發音 [a]

P01_U015.mp3

請聆聽以下單字，並跟著唸。

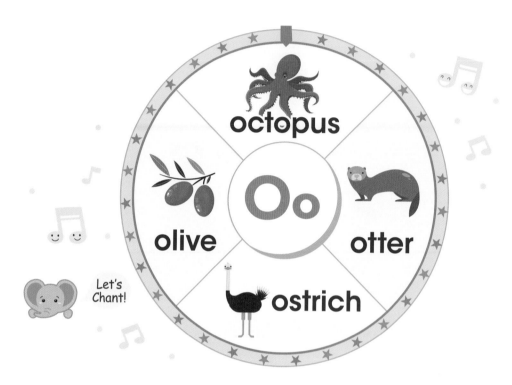

octopus

olive

Oo

otter

ostrich

Let's Chant!

Listen & Write 請聆聽音檔，並在空格中寫下第一個字母（小寫）。

☐ tter

☐ live

☐ ctopus

☐ strich

• octopus 章魚　otter 水獺　ostrich 鴕鳥　olive 橄欖

28

Listen & Repeat　請聆聽以下單字，並跟著唸。

pants

panda

Pp

pizza

penguin

Let's Chant!

Listen & Write　請聆聽音檔，並在空格中寫下第一個字母（小寫）。

 ⬜ants

 ⬜enguin

 ⬜izza

 ⬜anda

• pants 褲子　pizza 比薩　penguin 企鵝　panda 熊貓

字母名稱為「**Q**」| 基本發音 [**k**]

P01_U017.mp3

Listen & Repeat 請聆聽以下單字，並跟著唸。

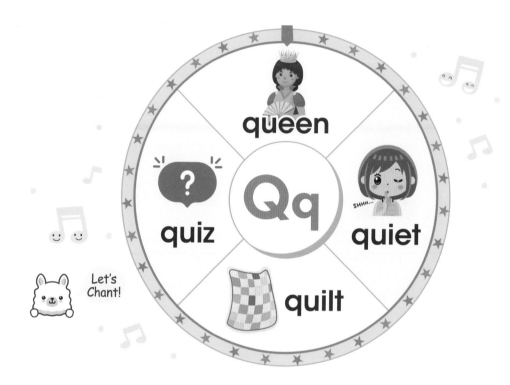

queen

quiz

Qq

quiet

Let's Chant!

quilt

Listen & Write 請聆聽音檔，並在空格中寫下第一個字母（小寫）。

☐ uiz   ☐ uiet   ☐ ueen   ☐ uilt

• queen 女王   quiet 安靜的   quilt 被子   quiz 測驗

字母名稱為「**R**」| 基本發音 [**r**]

P01_U018.mp3

 Listen & Repeat 請聆聽以下單字，並跟著唸。

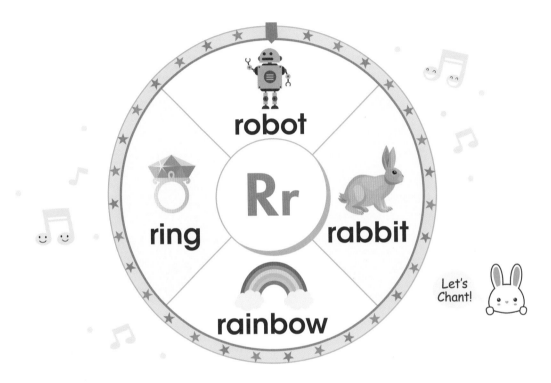

robot

Rr

ring

rabbit

rainbow

Let's
Chant!

Listen & Write 請聆聽音檔，並在空格中寫下第一個字母（小寫）。

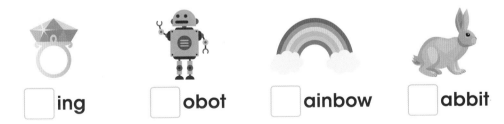

☐ ing ☐ obot ☐ ainbow ☐ abbit

robot 機器人　rabbit 兔子　rainbow 彩虹　ring 戒指

REVIEW 03

A 請聆聽音檔，並圈出單字的第一個字母。

1

q	m
p	n

2

o	r
n	p

3

m	p
q	o

4

n	m
o	r

B 請聆聽音檔，把字母連到正確的圖片，並在方框裡寫下單字的第一個字母。

1 **p** •

• [　] urse

2 **n** •

• [　] ilk

3 **r** •

• [　] izza

4 **m** •

• [　] abbit

C 請聆聽音檔，並把字母與第一個字母相同發音的單字全部圈起來。

字母名稱為「S」| 基本發音 [s]

P01_U019.mp3

 請聆聽以下單字,並跟著唸。

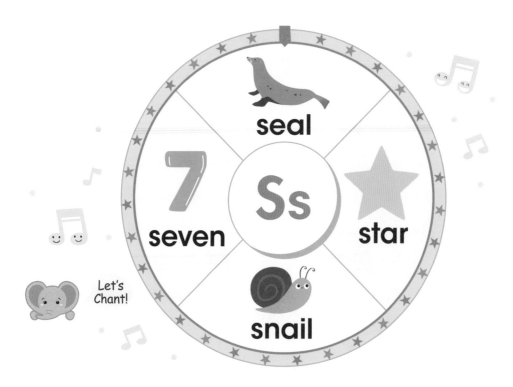

seal

7 seven

Ss

star

Let's
Chant!

snail

Listen & Write 請聆聽音檔,並在空格中寫下第一個字母(小寫)。

☐ tar   ☐ even   ☐ eal   ☐ nail

• seal 海豹   star 星星,星形物   snail 蝸牛   seven 七,7

字母名稱為「**T**」| 基本發音 [**t**]

P01_U020.mp3

 請聆聽以下單字，並跟著唸。

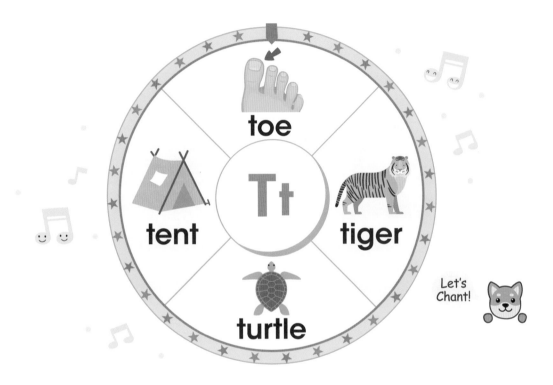

Let's Chant!

Listen & Write 請聆聽音檔，並在空格中寫下第一個字母（小寫）。

| iger | urtle | ent | oe |

・toe 腳趾頭　tiger 老虎　turtle 烏龜　tent 帳篷

字母名稱為「**U**」｜基本發音 [ʌ]

P01_U021.mp3

 請聆聽以下單字，並跟著唸。

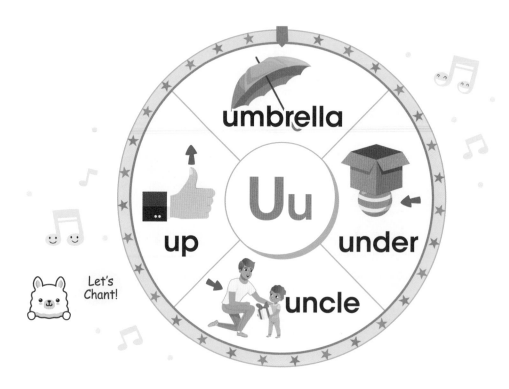

Let's Chant!

Listen & Write 請聆聽音檔，並在空格中寫下第一個字母（小寫）。

☐ nder   ☐ ncle   ☐ mbrella   ☐ p

• umbrella 雨傘   under 在～下面   uncle 叔叔，伯父   up 在～上面

Vv

字母名稱為「V」| 基本發音 [v]

P01_U022.mp3

Listen & Repeat 請聆聽以下單字，並跟著唸。

van

Vv

vest

violin

volcano

Let's Chant!

Listen & Write 請聆聽音檔，並在空格中寫下第一個字母（小寫）。

☐ an ☐ olcano ☐ iolin ☐ est

• van 送貨車，廂型車　violin 小提琴　volcano 火山　vest 背心

W w

字母名稱為「W」| 基本發音 [w]

P01_U023.mp3

 請聆聽以下單字，並跟著唸。

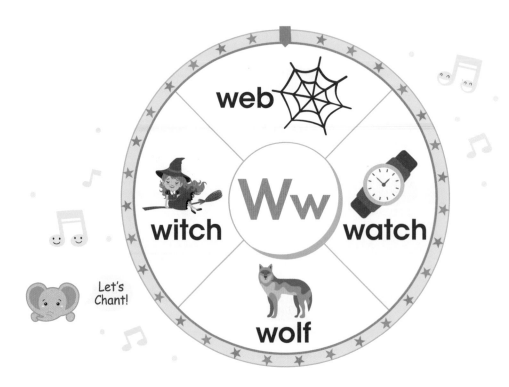

web

watch

wolf

witch

Let's
Chant!

Listen & Write 請聆聽音檔，並在空格中寫下第一個字母（小寫）。

| □ itch | □ atch | □ olf | □ eb |

· web（蜘蛛）網　watch 手錶　wolf 狼　witch 女巫

X x

字母名稱為「**X**」| 基本發音 [**ks**]

P01_U024.mp3

Listen & Repeat 請聆聽以下單字,並跟著唸。

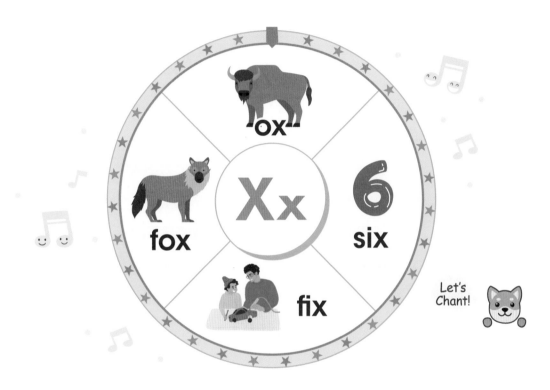

ox

fox   **Xx**   six

fix

Let's Chant!

Listen & Write 請聆聽音檔,並在空格中寫下第一個字母(小寫)。

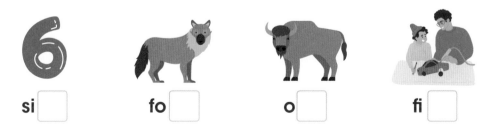

si☐   fo☐   o☐   fi☐

ox 牛   six 六,6   fix 修理   fox 狐狸

25 Yy

字母名稱為「**Y**」| 基本發音 [**j**]

P01_U025.mp3

請聆聽以下單字，並跟著唸。

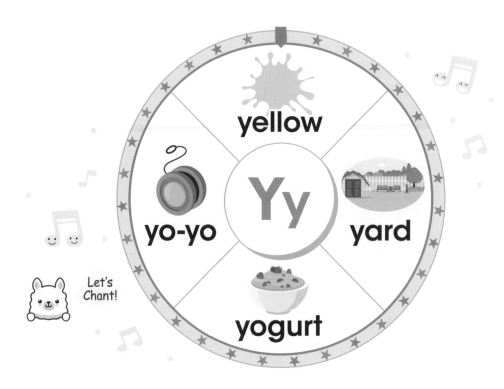

yellow

yo-yo

Yy

yard

Let's Chant!

yogurt

Listen & Write 請聆聽音檔，並在空格中寫下第一個字母（小寫）。

o-yo   ard   ellow   ogurt

• yellow 黃色　yard 庭院，院子　yogurt 優格　yo-yo 溜溜球

字母名稱為「**Z**」| 基本發音 [**z**]

P01_U026.mp3

 請聆聽以下單字，並跟著唸。

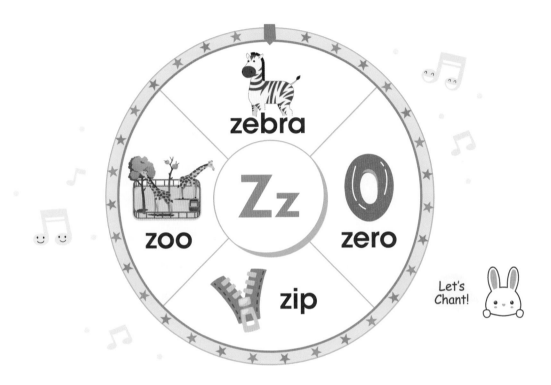

Let's Chant!

Listen & Write ✍ 請聆聽音檔，並在空格中寫下第一個字母（小寫）。

|oo |ero |ip |ebra

• zebra 斑馬　zero 零，0　zip 拉鍊，拉拉鍊　zoo 動物園

REVIEW 04

A 請聆聽音檔，並圈出單字的第一個字母。

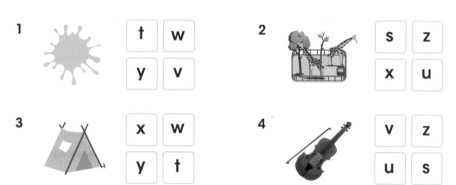

1. t w
   y v

2. s z
   x u

3. x w
   y t

4. v z
   u s

B 請聆聽音檔，把字母連到正確的圖片，並在方框裡寫下單字的第一個字母。

1. u •
2. t •
3. w •
4. s •

• ☐urtle

• ☐mbrella

• ☐eal

• ☐atch

C 請聆聽音檔，並把字母與第一個字母相同發音的單字全部圈起來。

1　v

2　u

3　z

4　t

5　s

6　w

短母音

英語字母總共有 26 個，其中**母音**總共有 a、e、i、o、u 五個字母，剩下 21 個字母稱為**子音**。

在英語中，母音前後都會有一個子音，許多三個字母的單字是呈現「子音 + 母音 + 子音」的結構。換句話說，可以記住在**三個字母的單字，中間的字母大部分都是母音**。

在這三個字母的單字中，母音要發短音。這些發短音的母音稱為**短母音**。短母音 a 發 [æ]、e 發 [ɛ]、i 發 [ɪ]、o 發 [ɑ]、u 發 [ʌ] 的音。

那麼，我們來正式進入短母音的世界吧！

Listen & Repeat 請聆聽以下單字，並跟著唸。

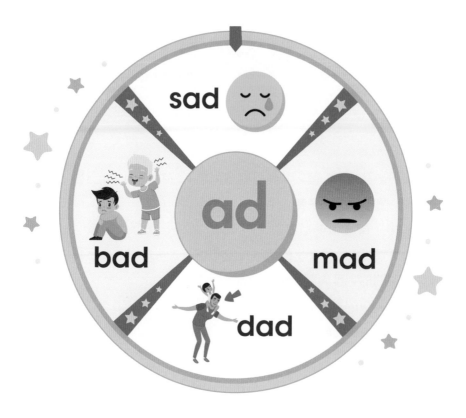

 **Let's Chant!** 請聆聽輕快的英語口訣，並跟著唱。

sad sad mad mad

dad dad bad bad

・sad 悲傷的　mad 生氣的　dad 爸爸　bad 壞的

A 請聆聽音檔，並寫下來。

① sad

② mad

③ dad

④ bad

B 請聆聽音檔，並把正確的單字與圖片連起來。

① dad •

② sad •

③ bad •

④ mad •

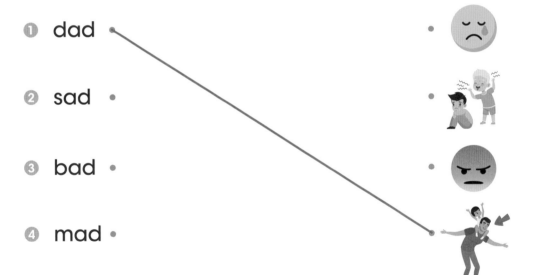

Challenge!

請聆聽音檔，並在<u>空格</u>中寫下單字。

Dad is mad. I am _____.

・I 我

Unit
02 短母音 **a**：**am**

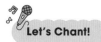 **Listen & Repeat** 請聆聽以下單字，並跟著唸。

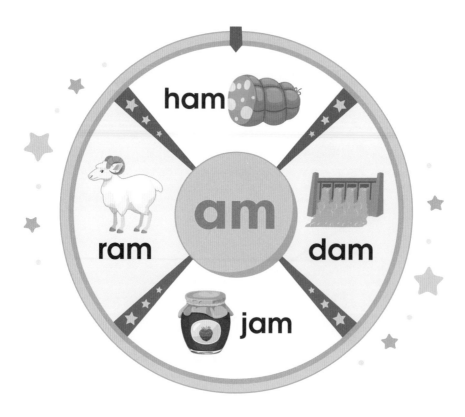

 **Let's Chant!** 請聆聽輕快的英語口訣，並跟著唱。

ham　ham　　　　dam　　dam

jam　jam　　　　ram　　ram

• **ham** 火腿　**dam** 水壩　**jam** 果醬　**ram** 公羊

48

A 請聆聽音檔，並寫下來。

① ham　　② dam

③ jam　　④ ram

B 請聆聽音檔，並把正確的單字與圖片連起來。

① dam •

② ham •

③ ram •

④ jam •

Challenge!

請聆聽音檔，並在空格中寫下單字。

I like ham and _____ .

・like 喜歡　and 和～

Listen & Repeat 請聆聽以下單字，並跟著唸。

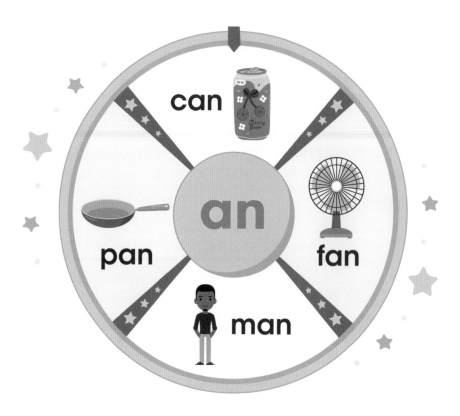

Let's Chant! 請聆聽輕快的英語口訣，並跟著唱。

• can 鋁罐，罐頭　fan 電風扇　man 男子　pan 平底鍋

A 請聆聽音檔，並寫下來。

❶ can

❷ fan

❸ man

❹ pan

B 請聆聽音檔，並把正確的單字與圖片連起來。

❶ can •

❷ pan •

❸ man •

❹ fan •

Challenge!

請聆聽音檔，並在空格中寫下單字。

Mom has a fan. Dad has a _____ .

• mom 媽媽　has 擁有（現在式 have）

Unit 04 短母音 a：ap

Listen & Repeat 請聆聽以下單字，並跟著唸。

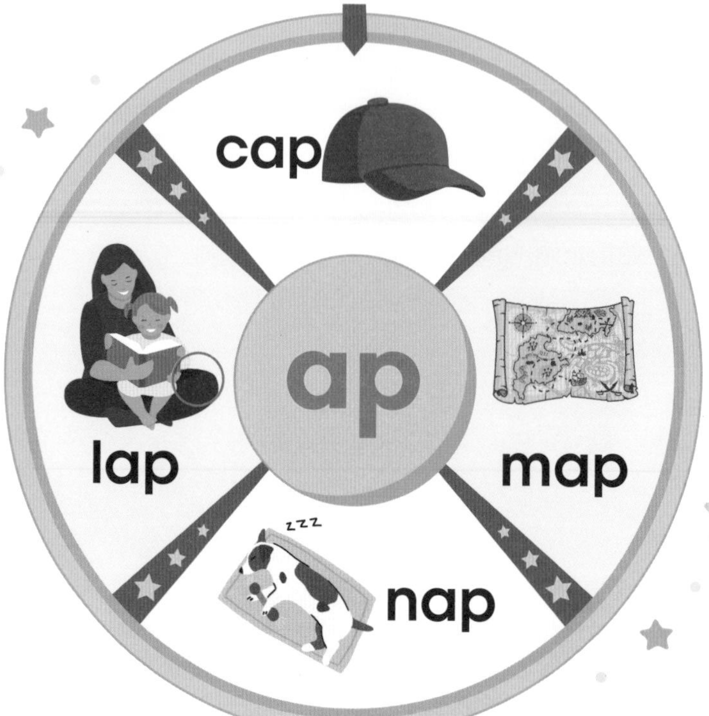

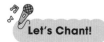

Let's Chant! 請聆聽輕快的英語口訣，並跟著唱。

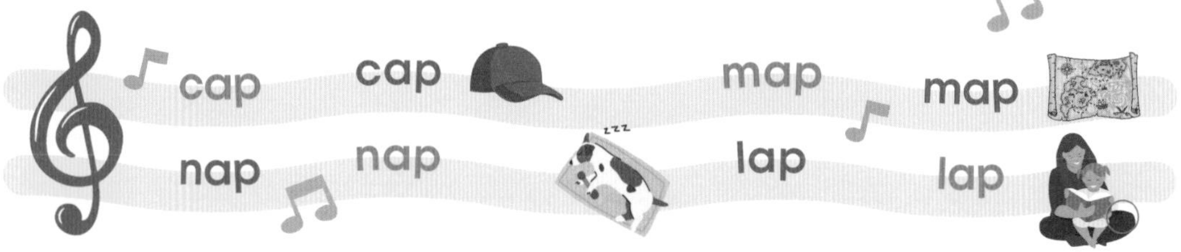

• cap（有帽沿的）帽子 map 地圖 nap 午覺，睡午覺 lap（坐著時的）大腿部

P02_U004.mp3

A 請聆聽音檔,並寫下來。

① cap

② map

③ nap

④ lap

B 請聆聽音檔,並把正確的單字與圖片連起來。

① nap ·

② lap ·

③ cap ·

④ map ·

Challenge!

請聆聽音檔,並在空格中寫下單字。

There is a _____ in the box.

· box 箱子,盒子

 **Listen & Repeat** 請聆聽以下單字，並跟著唸。

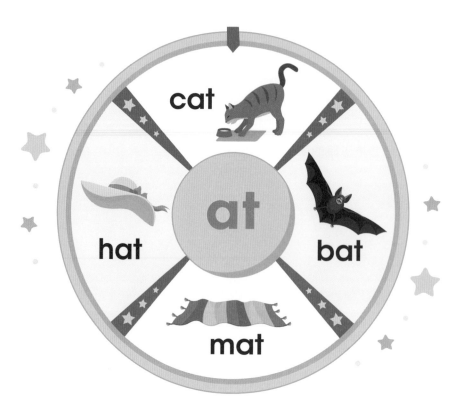

 Let's Chant! 請聆聽輕快的英語口訣，並跟著唱。

・cat 貓咪　bat 蝙蝠　mat 墊子，地毯　hat 帽子

A 請聆聽音檔，並寫下來。

① cat

② bat

③ mat

④ hat

B 請聆聽音檔，並把正確的單字與圖片連起來。

① bat ·

② mat ·

③ hat ·

④ cat ·

Challenge!

請聆聽音檔，並在空格中寫下單字。

A cat is on the _____.

· on 在～上面

Listen & Repeat　請聆聽以下單字，並跟著唸。

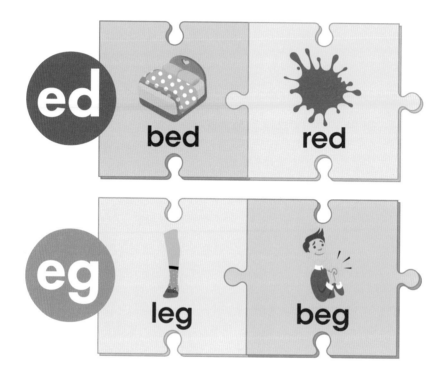

ed　bed　red

eg　leg　beg

Let's Chant!　請聆聽輕快的英語口訣，並跟著唱。

bed　bed　red　red

leg　leg　beg　beg

• bed 床　red 紅色，紅色的　leg 腿部　beg 請求，乞求

A 請聆聽音檔，並寫下來。

① bed

② red

③ leg

④ beg

B 請聆聽音檔，圈出正確的短母音，並完成單字。

① -ed /(-eg) · · · · · > l eg

② -ed / -eg · · · · · > b

③ -ed / -eg · · · · · > b

④ -ed / -eg · · · · · > r

Challenge!

請聆聽音檔，並在空格中寫下單字。

There is a red hat on the ⬚ .

 **Listen & Repeat** 請聆聽以下單字，並跟著唸。

 **Let's Chant!** 請聆聽輕快的英語口訣，並跟著唱。

hen hen pen pen

men men ten ten 10

• hen 母雞　pen 筆　men 男子（多數）　ten 十，10

58

A 請聆聽音檔，並寫下來。

① hen

② pen

③ men

④ ten

B 請聆聽音檔，並把正確的單字與圖片連起來。

① pen •

② ten •

③ men •

④ hen •

• **10**

•

請聆聽音檔，並在空格中寫下單字。

Two ____ are in the tent.

・two 二，2

08 短母音 e：et

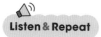 **Listen & Repeat** 請聆聽以下單字，並跟著唸。

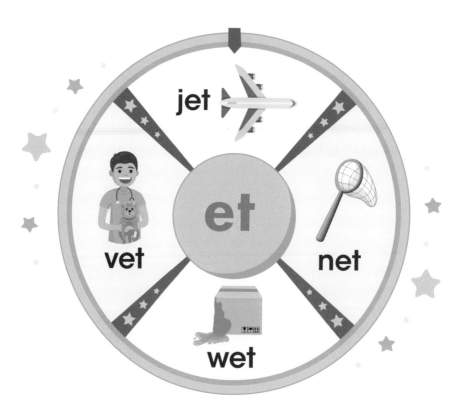

 **Let's Chant!** 請聆聽輕快的英語口訣，並跟著唱。

• jet 噴射機　net 網子　wet 濕的　vet 獸醫師

A 請聆聽音檔，並寫下來。

❶ jet

❷ net

❸ wet

❹ vet

B 請聆聽音檔，並把正確的單字與圖片連起來。

❶ wet •

❷ jet •

❸ net •

❹ vet •

Challenge!

請聆聽音檔，並在空格中寫下單字。

The vet rides on the _____ .

· rides 騎（現在式 ride）　on 騎在～上，在～上面

REVIEW 01

A 請從提示中找出圖像的正確單字，並寫在虛線上。

ham   cat   red   jet   dad   fan

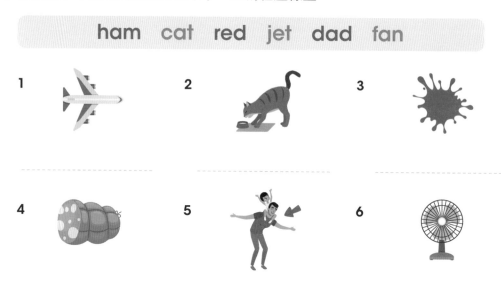

1

2

3

4

5

6

B 請聆聽音檔，並圈出圖像的正確單字後寫在虛線上。

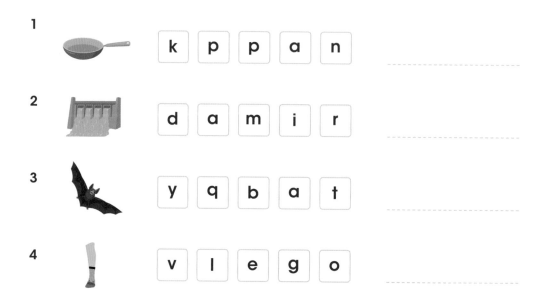

1   k   p   p   a   n

2   d   a   m   i   r

3   y   q   b   a   t

4   v   l   e   g   o

C 請聆聽音檔，並圈出<u>沒有</u>這個字母組合的單字圖片。

D 請聆聽音檔，並在虛線中填寫單字完成句子。

1 There is a _____ in the box.

2 I like ham and _____ .

3 Two _____ are in the tent.

4 There is a red hat on the _____ .

Unit

09 短母音 i：id／ix

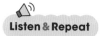
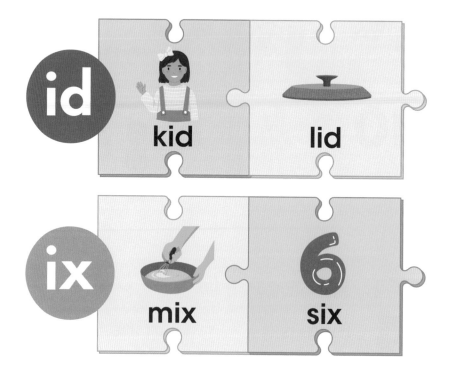

id　kid　lid

ix　mix　six

Let's Chant!　請聆聽輕快的英語口訣，並跟著唱。

kid　kid　lid　lid

mix　mix　six　six

・kid 小孩　lid 蓋子　mix 混合　six 六，6

A 請聆聽音檔，並寫下來。

① kid

② lid

③ mix

④ six

B 請聆聽音檔，圈出正確的短母音，並完成單字。

 ① -id / -ix ·····> m ☐

② -id / -ix ·····> k ☐

③ -id / -ix ·····> l ☐

 ④ -id / -ix ·····> s ☐

Challenge!

請聆聽音檔，並在空格中寫下單字。

You can ☐ pink with red.

· you 你　can 能夠～　pink 粉紅色　with 與～（一起）

請聆聽以下單字，並跟著唸。

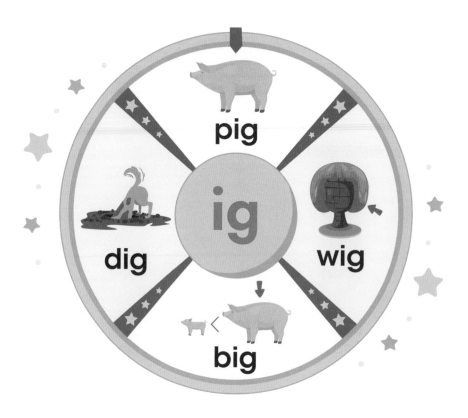

Let's Chant! 請聆聽輕快的英語口訣，並跟著唱。

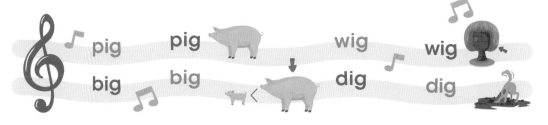

・pig 豬　wig 假髮　big 大的　dig 挖（地）

A 請聆聽音檔，並寫下來。

① pig

② wig

③ big

④ dig

B 請聆聽並把正確的單字與圖像連起來。

① wig •

② pig •

③ big •

④ dig •

答案 184頁

Challenge!

請聆聽音檔，並在空格中寫下單字。

Look at that big ⬚ **!**

• look at 看～　that 那，那個

67

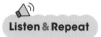

Unit 11 短母音 i : in

請聆聽以下單字，並跟著唸。

Let's Chant! 請聆聽輕快的英語口訣，並跟著唱。

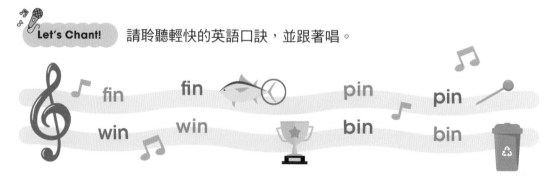

· fin 鰭　pin 大頭針　win 贏　bin 垃圾桶

A 請聆聽音檔，並寫下來。

① fin

② pin

③ win

④ bin

B 請聆聽音檔，並把正確的單字與圖片連起來。

① win •

② bin •

③ fin •

④ pin •

請聆聽音檔，並在空格中寫下單字。

This _____ looks like a fin.

• this 這，這個　looks like 看起來像（～如同，現在式 look）

12 短母音 i：ip／it

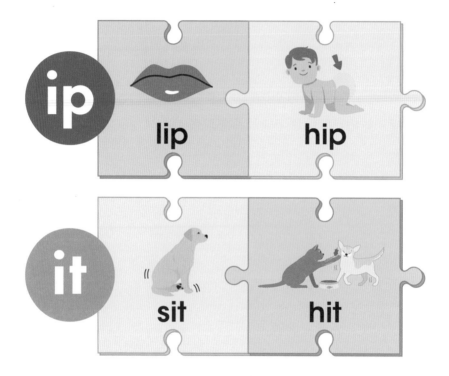

ip lip hip

it sit hit

Let's Chant! 請聆聽輕快的英語口訣，並跟著唱。

lip　lip　　hip　hip

sit　sit　　hit　hit

・lip 嘴唇　hip 屁股　sit 坐　hit 打，碰撞

P02_U012.mp3

A 請聆聽音檔，並寫下來。

① lip　　② hip

③ sit　　④ hit

B 請聆聽音檔，圈出正確的短母音，並完成單字。

① 　　-ip / -it　·····> h [　　]

② 　　-ip / -it　·····> s [　　]

③ 　　-ip / -it　·····> h [　　]

④ 　　-ip / -it　·····> l [　　]

Challenge!

請聆聽音檔，並在空格中寫下單字。

Max, [　　　　] down!

• **Max** 麥克斯（男子名，雄性動物名）　**down** 向下

Unit
13 短母音 O：og

Listen & Repeat　請聆聽以下單字，並跟著唸。

dog

log

og

jog

fog

Let's Chant!　請聆聽輕快的英語口訣，並跟著唱。

dog　　dog　　　　jog　　jog

fog　　fog　　　　log　　log

・dog 狗　jog 慢跑　fog 霧　log 圓木，木材

72

A 請聆聽音檔，並寫下來。

① dog

② jog

③ fog

④ log

B 請聆聽音檔，並把正確的單字與圖片連起來。

① jog ·

② fog ·

③ dog ·

④ log ·

Challenge!

請聆聽音檔，並在空格中寫下單字。

I jog with my _____ in the afternoon.

· my 我的　afternoon 下午

14 短母音 O：op

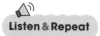
Listen & Repeat　請聆聽以下單字，並跟著唸。

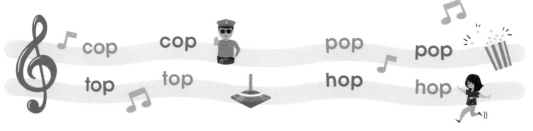
Let's Chant!　請聆聽輕快的英語口訣，並跟著唱。

cop　cop　　pop　pop

top　top　　hop　hop

・cop（口語）警察　pop 發出啪的聲響　top 陀螺　hop 單腳跳

A 請聆聽音檔，並寫下來。

❶ cop

❷ pop

❸ top

❹ hop

B 請聆聽音檔，並把正確的單字與圖片連起來。

❶ pop •

❷ cop •

❸ hop •

❹ top •

Challenge!

請聆聽音檔，並在空格中寫下單字。

A _____ hopped into his car.

· into 到～裡　his 他的

15 短母音 O：ot / ox

Listen & Repeat 請聆聽以下單字，並跟著唸。

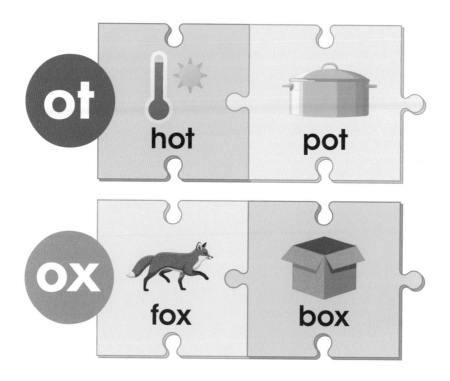

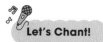

Let's Chant! 請聆聽輕快的英語口訣，並跟著唱。

• hot 熱的　pot 鍋，壺　fox 狐狸　box 箱子

A 請聆聽音檔，並寫下來。

① hot

② pot

③ fox

④ box

B 請聆聽音檔，圈出正確的短母音，並完成單字。

① -ot / -ox ·····> f [ ]

② -ot / -ox ·····> p [ ]

③ -ot / -ox ·····> h [ ]

④ -ot / -ox ·····> b [ ]

Challenge!

請聆聽音檔，並在空格中寫下單字。

A fox is sleeping in a [ ].

• is sleeping 正在睡覺（sleep 的現在式）

Unit 16 短母音 u：ub／ug

Listen & Repeat 請聆聽以下單字，並跟著唸。

ub

rub

tub

ug

bug

hug

Let's Chant! 請聆聽輕快的英語口訣，並跟著唱。

rub　rub　　　　tub　tub

bug　bug　　　hug　hug

・rub 搓揉　tub 浴缸，桶　bug 小蟲子　hug 擁抱，抱著

A 請聆聽音檔，並寫下來。

1 hot

2 pot

3 fox

4 box

B 請聆聽音檔，圈出正確的短母音，並完成單字。

1 -ot / -ox ·····> f

2 -ot / -ox ·····> p

3 -ot / -ox ·····> h

4 -ot / -ox ·····> b

Challenge!

請聆聽音檔，並在空格中寫下單字。

A fox is sleeping in a _____.

• is sleeping 正在睡覺（sleep 的現在式）

16 短母音 u：ub／ug

Listen & Repeat 請聆聽以下單字，並跟著唸。

Let's Chant! 請聆聽輕快的英語口訣，並跟著唱。

‧rub 搓揉　tub 浴缸，桶　bug 小蟲子　hug 擁抱，抱著

A 請聆聽音檔，並寫下來。

① rub

② tub

③ bug

④ hug

B 請聆聽音檔，圈出正確的短母音，並完成單字。

① -ub / -ug · · · · · > r _____

② -ub / -ug · · · · · > h _____

③ -ub / -ug · · · · · > b _____

④ -ub / -ug · · · · · > t _____

Challenge!

請聆聽音檔，並在<u>空格中</u>寫下單字。

A bug is in the _____ .

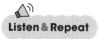 **Listen & Repeat** 請聆聽以下單字，並跟著唸。

ud　bud　mud

un　sun　run

 **Let's Chant!** 請聆聽輕快的英語口訣，並跟著唱。

bud　bud　mud　mud
sun　sun　run　run

・bud 芽　　mud 泥土　　sun 太陽，陽光　　run 跑步，奔跑

A 請聆聽音檔，並寫下來。

❶ bud

❷ mud

❸ sun

❹ run

B 請聆聽音檔，圈出正確的短母音，並完成單字。

❶ -ud / -un ·····> m ☐

❷ -ud / -un ·····> r ☐

❸ -ud / -un ·····> s ☐

❹ -ud / -un ·····> b ☐

Challenge!

請聆聽音檔，並在空格中寫下單字。

I can see a ☐ in the mud.

• see 看

18 短母音 U：up／ut

Listen & Repeat 請聆聽以下單字，並跟著唸。

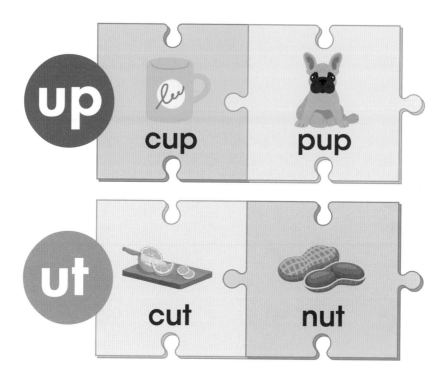

up cup pup

ut cut nut

Let's Chant! 請聆聽輕快的英語口訣，並跟著唱。

cup cup pup pup

cut cut nut nut

• cup 杯，杯子　pup 小狗　cut 剪，割　nut 堅果

P02_U018.mp3

A 請聆聽音檔，並寫下來。

① cup

② pup

③ cut

④ nut

B 請聆聽音檔，圈出正確的短母音，並完成單字。

① -up / -ut ·····> p ☐

② -up / -ut ·····> c ☐

③ -up / -ut ·····> c ☐

④ -up / -ut ·····> n ☐

Challenge!

請聆聽音檔，並在空格中寫下單字。

Put your ☐ on the table.

‧ put 放，放置　your 你的　table 桌子，餐桌

A 請從提示中找出圖像的正確單字並寫在虛線上。

| pig   run   lid   box   cut   bug |

1

2

3

4

5

6

B 請聆聽音檔,並圈出圖像的正確單字後寫在虛線上。

1   d b i n z ....

2  s u n o m ....

3  m f h i t ....

4  s l i p v ....

C 請聆聽音檔，並圈出沒有這個字母組合的單字圖片。

D 請聆聽音檔，並在虛線中填寫單字完成句子。

1 I can see a ＿＿＿＿＿ in the mud.

2 You can ＿＿＿＿＿ pink with red.

3  A bug is in the ＿＿＿＿＿.

4  Put your ＿＿＿＿＿ on the table.

長母音

在這個章節，我們要來看字母的母音什麼時候會發長音。

在「子音 + 母音 + 子音 + e」型態的單字中，前面出現的母音會發長音，這種發長音的母音稱為**長母音**。此外，單字字尾出現的字母 e 稱為「神奇的 e（magic e）」。雖然字母 e 在字尾那裡，但它實際上不發音。如果出現「magic e」時，前面出現的母音就會發出字母名稱的發音，也就是 a 發 [e]、i 發 [aɪ]、o 發 [o]、u 發 [ju] 的音。

現在我們來探討有神奇的 e 單字前面出現的母音是如何發音吧！

cake kite hole cube

 **Listen & Repeat** 請聆聽以下單字，並跟著唸。

bake

ake

make

cake

lake

 Let's Chant! 請聆聽輕快的英語口訣，並跟著唱。

bake   bake   cake   cake

lake   lake   make   make

• bake 烤   cake 蛋糕   lake 湖   make 做

P03_U001.mp3

A 請聆聽音檔，並寫下來。

① bake ② cake

③ lake ④ make

B 請聆聽音檔，並把正確的單字與圖片連起來。

① **make** ·

② **cake** ·

③ **bake** ·

④ **lake** ·

Challenge!

請聆聽音檔，並在空格中寫下單字。

Let's bake a _____.

· let's 一起來～吧

 **Listen & Repeat**　請聆聽以下單字，並跟著唸。

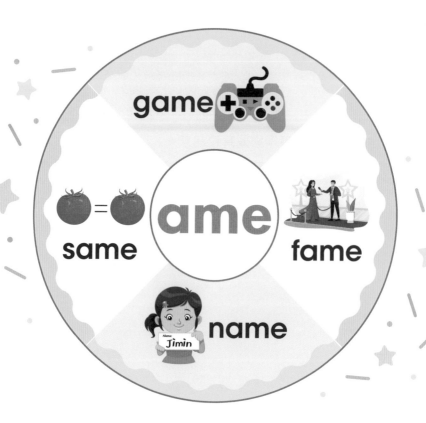

game

same = ame = fame

name

 Let's Chant!　請聆聽輕快的英語口訣，並跟著唱。

game　game

name　name

fame　fame

same　same

・game 遊戲，競賽　fame 名聲　name 名字　same 相同的

A 請聆聽音檔，並寫下來。

① game

② fame

③ name

④ same

B 請聆聽音檔，並把正確的單字與圖片連起來。

① same •

② name •

③ fame •

④ game •

Challenge!

請聆聽音檔，並在空格中寫下單字。

My friend and I have the

same   .

• friend 朋友　have 擁有

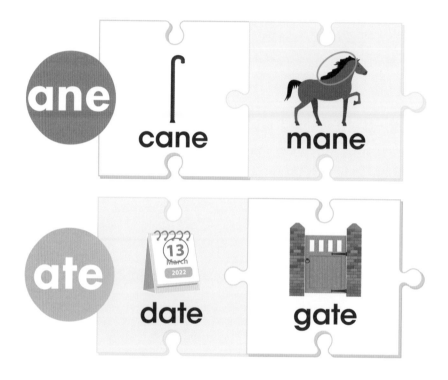

ane

cane

mane

ate

date

gate

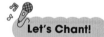

cane　cane

date　date

mane　mane

gate　gate

・cane 拐杖　mane （獅、馬的）鬃毛　date 日期　gate 大門，出入口

A 請聆聽音檔，並寫下來。

① cane

② mane

③ date

④ gate

B 請聆聽音檔，圈出正確的單字，並在空格中寫出來。

① (mane) / cane ·····> mane

② gate / date ·····>

③ gate / cane ·····>

④ mane / date ·····>

Challenge!

請聆聽音檔，並在空格中寫下單字。

Can you open the ＿＿＿＿＿＿＿, please?

・ open 打開

 **Listen & Repeat** 請聆聽以下單字，並跟著唸。

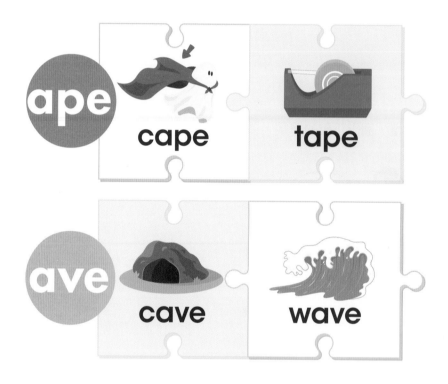

ape

cape

tape

ave

cave

wave

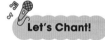 **Let's Chant!** 請聆聽輕快的英語口訣，並跟著唱。

cape cape tape tape

cave cave wave wave

· cape 披肩；斗篷　tape 膠帶　cave 洞穴　wave 海浪

A 請聆聽音檔，並寫下來。

① cape

② tape

③ cave

④ wave

B 請聆聽音檔，圈出正確的單字，並在空格中寫出來。

①  wave / cave ·····›

② cape / tape ·····›

③ wave / cave ·····›

④ cape / tape ·····›

Challenge!

請聆聽音檔，並在空格中寫下單字。

Let's wear a cape and go to

the　　　　　　.

· wear 穿　go 去　to 向～，往～

Listen & Repeat 請聆聽以下單字，並跟著唸。

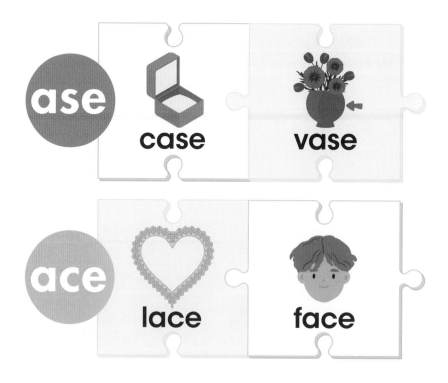

ase

case

vase

ace

lace

face

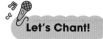
Let's Chant! 請聆聽輕快的英語口訣，並跟著唱。

case　case　　　vase　vase

lace　lace　　　face　face

・case 箱子，桶子　vase 花瓶　lace 蕾絲　face 臉

P03_U005.mp3

A 請聆聽音檔，並寫下來。

① case

② vase

③ lace

④ face

B 請聆聽音檔，圈出正確的單字，並在空格中寫出來。

① case / vase　·····›

② lace / vase　·····›

③ face / case　·····›

④ face / lace　·····›

Challenge!

請聆聽音檔，並在空格中寫下單字。

There is a _____ next to a case.

・next to 在～旁邊；緊鄰著

Listen & Repeat　　請聆聽以下單字，並跟著唸。

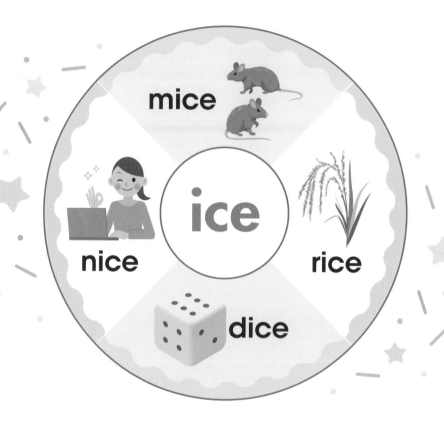

Let's Chant!　　請聆聽輕快的英語口訣，並跟著唱。

 mice　mice  rice　rice
dice　dice　　　　　　　　nice　nice

・mice 老鼠（多數，單數是 mouse）　rice 稻子，米飯　dice 骰子　nice 好的

98

A 請聆聽音檔，並寫下來。

① mice

② rice

③ dice

④ nice

B 請聆聽音檔，圈出正確的單字，並在空格中寫出來。

① **rice** •

② **mice** •

③ **dice** •

④ **nice** •

Challenge!

請聆聽音檔，並在空格中寫下單字。

Roll the _____ ! That's nice.

• roll 滾動

 **Listen & Repeat** 請聆聽以下單字，並跟著唸。

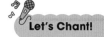 **Let's Chant!** 請聆聽輕快的英語口訣，並跟著唱。

 hide　hide　　ride　ride

bike　bike　　hike　hike

・hide 躲　ride 騎乘　bike 腳踏車　hike 健行，徒步旅行

A 請聆聽音檔，並寫下來。

① hide

② ride

③ bike

④ hike

B 請聆聽音檔，圈出正確的單字，並在空格中寫出來。

① hide / hike ·····> [　　　　]

② ride / hike ·····> [　　　　]

③ hide / bike ·····> [　　　　]

④ ride / bike ·····> [　　　　]

Challenge!

請聆聽音檔，並在<u>空格中</u>寫下單字。

I like to ride my _____ in the park.

· park 公園

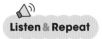

Listen & Repeat 請聆聽以下單字,並跟著唸。

ime

lime

time

ive

dive

five

Let's Chant! 請聆聽輕快的英語口訣,並跟著唱。

lime　　lime　　　　　time　　time

dive　　dive　　　　　five　　five

・lime 萊姆(外型像檸檬的綠色水果)　time 時間　dive 俯衝,跳水　five 五,5

A 請聆聽音檔,並寫下來。

① lime　②　time

③ dive　④　five

B 請聆聽音檔,圈出正確的單字,並在空格中寫出來。

① time / lime ·····〉

② **5** dive / five ·····〉

③ five / dive ·····〉

④ time / lime ·····〉

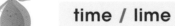
Challenge!

請聆聽音檔,並在空格中寫下單字。

Oh, this ＿＿＿＿＿＿＿ is very sour!

• very 非常,很　sour(味道)酸的

A 請從提示中找出圖像的正確單字並寫在虛線上。

face　cake　date　five　nice　same

1

2

3

4

5

6

B 請聆聽音檔，並圈出圖像的正確單字後寫在虛線上。

1 　m　a　n　e　o　y

2 　k　c　a　p　e　u

3 　d　t　i　m　e　v

4 　s　q　g　a　m　e

C 請聆聽音檔，並圈出<u>沒有</u>這個字母組合的單字圖片。

D 請聆聽音檔，並在虛線中填寫單字完成句子。

1 There is a ＿＿＿＿＿ next to a case.

2 Can you open the ＿＿＿＿＿, please?

3 I like to ride my ＿＿＿＿＿ in the park.

4 My friend and I have the same ＿＿＿＿＿.

Listen & Repeat　請聆聽以下單字，並跟著唸。

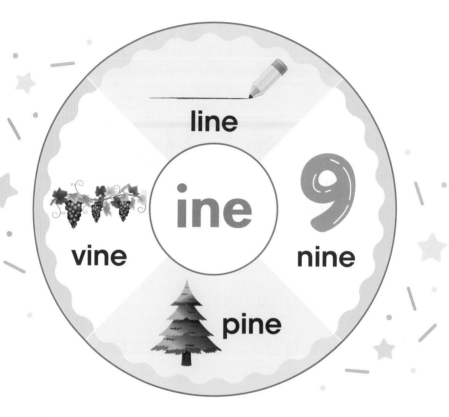

 Let's Chant!　請聆聽輕快的英語口訣，並跟著唱。

line　line nine　nine **9**

pine　pine 🌲 vine　vine

・line 線，底線　nine 九，9　pine 松樹　vine 葡萄藤，藤蔓

106

A 請聆聽音檔，並寫下來。

① line ② nine

③ pine ④ vine

B 請聆聽音檔，圈出正確的單字，並在空格中寫出來。

① vine •

② line •

③ pine •

④ nine •

Challenge!

請聆聽音檔，並在空格中寫下單字。

Draw a _____ with your pencil.

· draw（不塗色而使用鉛筆）畫　pencil 鉛筆

 **Listen & Repeat**　請聆聽以下單字，並跟著唸。

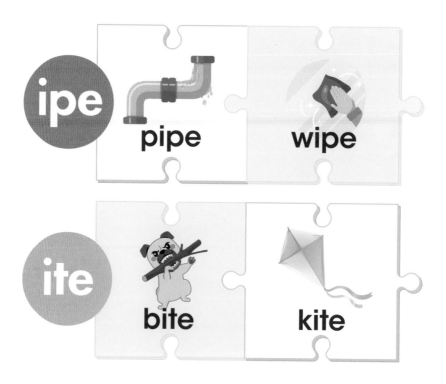

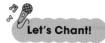 **Let's Chant!**　請聆聽輕快的英語口訣，並跟著唱。

pipe　pipe　　　wipe　wipe

bite　bite　　　kite　kite

・pipe 水管　wipe 擦拭　bite 咬　kite 風箏

A 請聆聽音檔，並寫下來。

① pipe ② wipe

③ bite ④ kite

B 請聆聽音檔，圈出正確的單字，並在空格中寫出來。

① bite / wipe ·····>

② kite / pipe ·····>

③ kite / pipe ·····>

④ bite / wipe ·····>

Challenge!

請聆聽音檔，並在空格中寫下單字。

Let's go outside and fly a _____ .

· outside 外面　and 和　fly 飛

Unit 11 長母音 o：ole／ome

 **Listen & Repeat** 請聆聽以下單字，並跟著唸。

ole　hole　mole

ome　dome　home

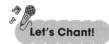 **Let's Chant!** 請聆聽輕快的英語口訣，並跟著唱。

hole　hole 　mole　mole

dome　dome 　home　home

・hole 坑，孔洞　mole 鼴鼠　dome 圓屋頂　home 家，家庭

110

A 請聆聽音檔，並寫下來。

① hole

② mole

③ dome

④ home

B 請聆聽音檔，圈出正確的單字，並在空格中寫出來。

① home / hole ·····⟩

② mole / hole ·····⟩

③ dome / home ·····⟩

④ dome / mole ·····⟩

請聆聽音檔，並在空格中寫下單字。

A _____ is in the hole.

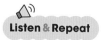 **Listen & Repeat** 請聆聽以下單字，並跟著唸。

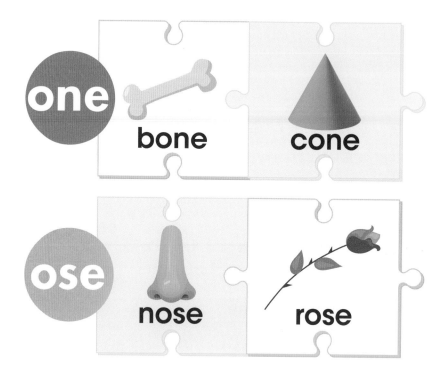

one
bone

cone

ose
nose

rose

 **Let's Chant!** 請聆聽輕快的英語口訣，並跟著唱。

 bone　bone　cone　cone

nose　nose rose　rose

・bone 骨頭　cone 圓錐形（體）　nose 鼻子　rose 玫瑰

A 請聆聽音檔，並寫下來。

① bone

② cone

③ nose

④ rose

B 請聆聽音檔，圈出正確的單字，並在空格中寫出來。

① rose / nose · · · · · >

② cone / bone · · · · · >

③ rose / nose · · · · · >

④ bone / cone · · · · · >

Challenge!

請聆聽音檔，並在空格中寫下單字。

I gave a _____ to my grandma.

• gave 給（現在式 give）　to 到～　grandma 奶奶，外婆

Listen & Repeat　請聆聽以下單字，並跟著唸。

ope　hope　rope

ote　note　vote

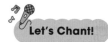
Let's Chant!　請聆聽輕快的英語口訣，並跟著唱。

 hope　hope　rope　rope

note　note　vote　vote

・hope 希望，盼望　rope 繩子　note 筆記，筆記本　vote 投票

P03_U013.mp3

A 請聆聽音檔，並寫下來。

① hope

② rope

③ note

④ vote

B 請聆聽音檔，圈出正確的單字，並在空格中寫出來。

① hope / vote ·····⟩

② note / rope ·····⟩

③ vote / rope ·····⟩

④ hope / note ·····⟩

Challenge!

請聆聽音檔，並在空格中寫下單字。

Ken is throwing a   .

• Ken 肯（男生名字）　is throwing 正在丟（現在式 throw）

 **Listen & Repeat** 請聆聽以下單字，並跟著唸。

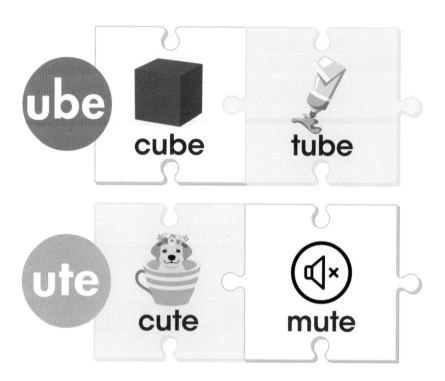

ube

cube

tube

ute

cute

mute

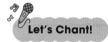 **Let's Chant!** 請聆聽輕快的英語口訣，並跟著唱。

cube　cube

cute　cute

tube　tube

mute　mute

・cube 立方體　tube 水管，軟管　cute 可愛的　mute 靜音的

A 請聆聽音檔，並寫下來。

① cube

② tube

③ cute

④ mute

B 請聆聽音檔，圈出正確的單字，並在空格中寫出來。

① cube / cute ·····>

② tube / cube ·····>

③ mute / tube ·····>

④ mute / cute ·····>

Challenge!

請聆聽音檔，並在<u>空格</u>中寫下單字。

There is a big ice
on the plate.

• ice 冰塊　plate 盤子

 **Listen & Repeat**　請聆聽以下單字，並跟著唸。

ule

mule　　**rule**

une

June　　**tune**

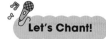 **Let's Chant!**　請聆聽輕快的英語口訣，並跟著唱。

mule　mule　　rule　rule

June　June　　tune　tune

• mule 騾子　rule 規則　June 6 月　tune 曲調，聲調

A 請聆聽音檔，並寫下來。

❶ mule

❷ rule

❸ June

❹ tune

B 請聆聽音檔，圈出正確的單字，並在空格中寫出來。

❶ rule / mule ·····>

❷ June / tune ·····>

❸ June / tune ·····>

❹ rule / mule ·····>

Challenge!

請聆聽音檔，並在空格中寫下單字。

The mule was born in   .

• was born in 出生在～

A 請從提示中找出圖像的正確單字並寫在虛線上。

home　nose　line　June　rule　hope

1

2

3

4

5

6

B 請聆聽音檔，並圈出圖像的正確單字後寫在虛線上。

1 　v　b　o　n　e　a

2 　g　p　b　i　t　e

3 　l　p　i　n　e　u

4 　t　u　n　e　l　r

C 請聆聽音檔，並圈出<u>沒有</u>這個字母組合的單字圖片。

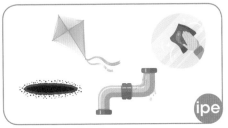

D 請聆聽音檔，並在虛線中填寫單字完成句子。

1　I gave a _____ to my grandma.

2　A _____ is in the hole.

3　There is a big ice _____ on the plate.

4　Ken is throwing a _____ .

長母音 e

在學習長母音的時候，我們學到在「子音 + 母音 + 子音 + e」結構的單字中，前面的母音會發這個字母的長母音。此外，還學到了在單字字尾的 e 不發音，因此被稱為「神秘的 e（magic e）」。

接著在 PART 3 中，4 個母音 a、i、o、u 發長母音的時候，我們學到了 a-e、i-e、o-e、u-e 型態的四個字母單字。

然而，由於 e 也是母音，所以一定也會有發長母音的時候。所以我們來針對長母音的 e 説明一下吧。

1 e-e 的型態

e-e 型態組成的單字中，前面的 e 是字母 e，跟它的名稱一樣發 [i] 的音。也就是前面的 e 發長一點的音就可以了，與其他母音發長母音的情況相同，而後面的 e 當然就會不發音。這些單字包含 meme（迷因；透過模仿而反覆發生的文化）、these、theme、eve、Steve。

但是這些單字都不是只有四個字母對吧？事實上，如果嚴謹地説明長母音的發音規則，在「（子音）+ 母音 + 子音 + e」的情況下，前面的母音會直接發字母名稱的發音！它不一定是四個字母組成的單字，這就是為什麼 ice（冰）會發 [aɪs]、ace（高手）會發 [es] 的原因。

these 這些　　**eve** 前一晚　　**Steve** 史蒂夫（男子名）

2 沒有其他母音、只有 e 的型態

就像 we、he、she、me 一樣，前面沒有其他母音，單字的字尾是以 e 結尾時，發音是長母音 [i] 的單字，這種特別情況的單字必須要記下來。這些 we、he、she、me 會稱為「視覺詞（sight words，不符合發音規則，並且一眼就知道如何發音的單字）」，一定要記住這些單字，並了解正確的型態和發音。

we 我們　　**he** 他　　**she** 她　　**me** 我

也能獨自發音的 o
如長母音一樣活動的 y

1 o 獨自存在、沒有其他母音的型態

母音 o 也可以在沒有其他母音的單字中獨立使用，但有時候會發長母音 [o]，像是 go、no、so「子音 + o」兩個字母形成單字的情況下，o 不是發短母音 [ɑ] 而是要發長母音 [o]。這些單字請分類成視覺詞的類別，並且記住單字和發音。

to 雖然是「子音 + o」由兩個字母組成的單字，但是它不是發 [o] 而是發 [u] 的音，這個發音規則也請記下來。

go 去　　**no** 不是，沒有　　**so** 所以，如此

2 雖然是子音，但會發長母音的 y

y 雖然是子音，但因為會發和母音相同的發音，所以也稱為「半母音」。有時 y 也會發長母音，像是 sky、cry、dry、fly 簡短且沒有母音的單字，它們的字尾有 y 會發長母音 [aɪ] 的音。

sky 天空　　**cry** 哭　　**dry** 乾的　　**fly** 飛

我們來探討 y 的發音吧。y 也發 [i] 的音。y 的前面有母音 e 形成「e + y」的型態，並且要發 [i] 的音。

key 鑰匙　　**monkey** 猴子　　**honey** 蜂蜜　　**money** 錢

在 y 出現的兩個音節中，出現在音節的字尾發 [ɪ] 的音。例如 baby 或 city。音節是指發一次音的單位，而 baby 是 ba．by 兩個音節的單字發 [ˋbebɪ]。

baby 嬰兒　　**city** 城市（字母 c 也有發 [s] 的時候）

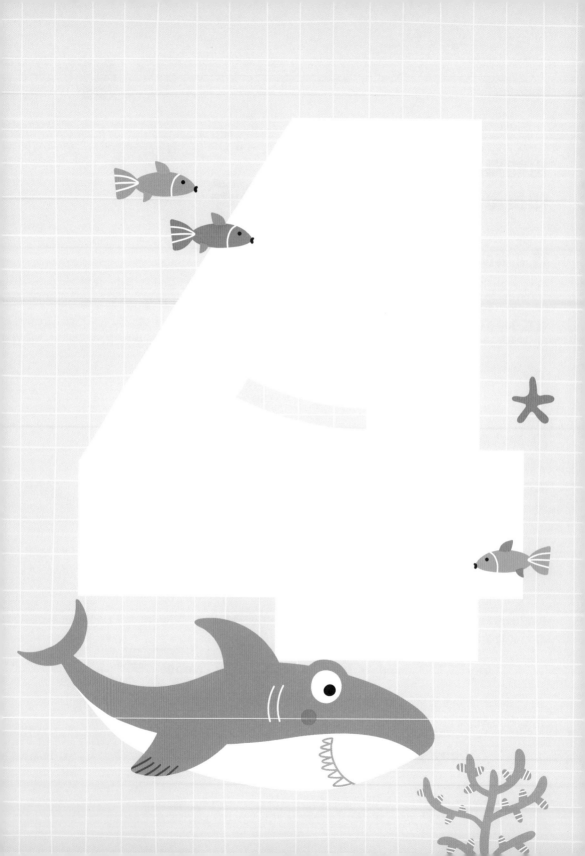

雙子音

字母 a、e、i、o、u 稱為母音，剩下的字母稱為子音。我們在前面
學習的英文字母表中提到，母音有 5 個、子音有 21 個。

如果仔細觀察英文單字，可以看到 2 個子音會連在一起出現的情況
也很多。像這樣「2 個子音接連出現」會稱為雙子音。

我們現在來看必須要知道的代表雙子音與發音吧！

[子音 + l]　bl / cl / fl / gl / pl / sl
[子音 + r]　br / cr / dr / fr / gr / pr / tr
[s + 子音]　sc / sk / sm / sn / sp / st / sw
[子音 + h]　ch / sh / th / wh

flag　　crab　　snake　　bench

 **Listen & Repeat** 請聆聽以下單字並跟著唸。

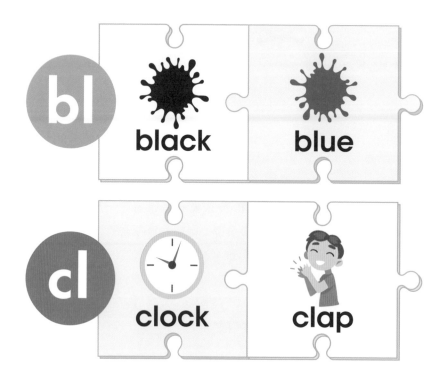

bl
black
blue

cl
clock
clap

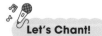 **Let's Chant!** 請聆聽輕快的英語口訣，並跟著唱。

black　black　　　blue　blue
clock　clock　　　clap　clap

・**black** 黑色，黑的　**blue** 藍色，藍的　**clock**（掛在牆上的）時鐘　**clap** 拍手，鼓掌

P04_U001.mp3

A 請聆聽音檔，並寫下來。

① black

② blue

③ clock

④ clap

B 請聆聽音檔，將已知的字母排列組合，並在空格中寫出來。

① l / b / u / e · · · · · > **blue**

② c / o / l / k / c · · · · · >

③ p / l / a / c · · · · · >

④ b / a / l / k / c · · · · · >

Challenge!

請聆聽音檔，並在空格中寫下適當的單字。

❶ There is a _____ on the wall.

❷ Its color is _____ .

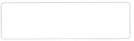

• wall 牆壁　its 它的　color 顏色，色彩

Listen & Repeat 請聆聽以下單字並跟著唸。

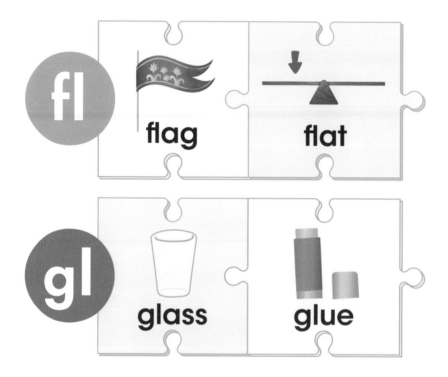

fl flag flat

gl glass glue

Let's Chant! 請聆聽輕快的英語口訣,並跟著唱。

flag flag flat flat

glass glass glue glue

• flag 旗子　flat 水平的,平坦的　glass 玻璃,玻璃杯　glue 膠,膠水

A 請聆聽音檔，並寫下來。

① flag

② flat

③ glass

④ glue

B 請聆聽音檔，將已知的字母排列組合，並在空格中寫出來。

① e / u / l / g ·····>

② l / s / s / g / a ·····>

③ t / f / a / l ·····>

④ g / l / a / f ·····>

Challenge!

請聆聽音檔，並在空格中寫下適當的單字。

❶ Pass me the _____, please.

❷ We made a big _____ in class.

GOOD JOB

・pass 通過　me 我　we 我們　made 做了（現在式 made）　in class 在課堂中

答案 186頁　129

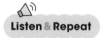

Unit 03 pl / sl

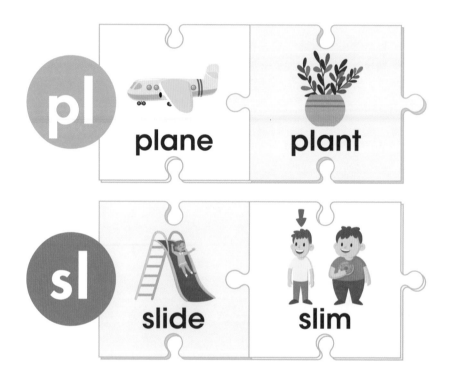

pl — plane　plant

sl — slide　slim

Let's Chant! 請聆聽輕快的英語口訣，並跟著唱。

plane plane　plant plant

slide slide　slim slim

· plane 飛機　plant 植物　slide 溜滑梯　slim 瘦弱的，纖細的

130

P04_U003.mp3

A 請聆聽音檔，並寫下來。

① plane

② plant

③ slide

④ slim

B 請聆聽音檔，將已知的字母排列組合，並在空格中寫出來。

①  d / i / e / s / l · · · · ·>

② l / e / n / a / p · · · · ·>

③ s / m / i / l · · · · ·>

④ p / l / t / a / n · · · · ·>

Challenge!

請聆聽音檔，並在空格中寫下適當的單字。

❶ A kid drew a _____ in class.

❷ The plant is tall and _____ .

· drew 畫了（現在式 draw）　tall （身高）高的；（高度）高的

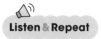
Listen & Repeat　請聆聽以下單字並跟著唸。

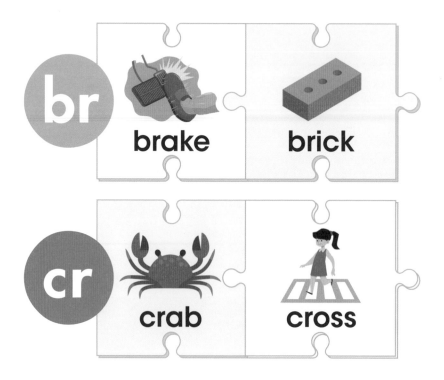

br　brake　brick

cr　crab　cross

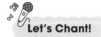
Let's Chant!　請聆聽輕快的英語口訣，並跟著唱。

brake　brake　brick　brick

crab　crab　cross　cross

• brake 剎車　brick 磚頭　crab 螃蟹　cross 穿越

P04_U004.mp3

A 請聆聽音檔，並寫下來。

1. brake

2. brick

3. crab

4. cross

B 請聆聽音檔，將已知的字母排列組合，並在空格中寫出來。

1. b / a / e / r / k ·····>

2. r / c / a / b ·····>

3. o / s / s / c / r ·····>

4. k / c / i / r / b ·····>

Challenge!

請聆聽音檔，並在空格中寫下適當的單字。

1. Be careful when you _____ the street.

2. A girl drew a _____ on the brick.

• careful 謹慎的，小心的　when 當～　street 街道，道路

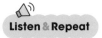 **Listen & Repeat** 請聆聽以下單字並跟著唸。

drum

dragon

dr

drive

drink

 **Let's Chant!** 請聆聽輕快的英語口訣,並跟著唱。

drum　drum　　drive　drive

drink　drink　　dragon　dragon

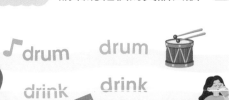

・drum 鼓　drive 開車　drink 喝　dragon 龍

P04_U005.mp3

A 請聆聽音檔，並寫下來。

❶ drum

❷ drive

❸ drink

❹ dragon

B 請聆聽音檔，將已知的字母排列組合，並在空格中寫出來。

❶  g / n / o / r / d / a ·····>

❷ u / m / d / r ·····>

❸ k / d / i / r / n ·····>

❹ d / v / r / i / e ·····>

Challenge!

請聆聽音檔，並在空格中寫下適當的單字。

❶ I want to _____ a car.

❷ I played with a _____ in my dream.

GOOD JOB

• want to 想要～　played 玩了（現在式 play）　dream 夢

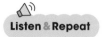
Listen & Repeat 請聆聽以下單字並跟著唸。

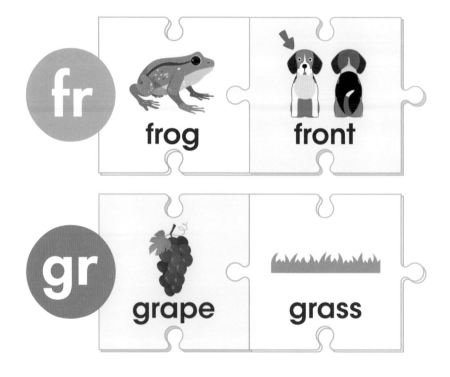

fr — frog — front

gr — grape — grass

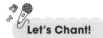
Let's Chant! 請聆聽輕快的英語口訣,並跟著唱。

frog frog front front
grape grape grass grass

· frog 青蛙　front 前面,正面　grape 葡萄(通常寫成 grapes)　grass 草地,草

136

A 請聆聽音檔，並寫下來。

① frog

② front

③ grape

④ grass

B 請聆聽音檔，將已知的字母排列組合，並在空格中寫出來。

① g / p / r / a / e · · · · ·>

② g / o / r / f · · · · ·>

③ f / t / r / o / n · · · · ·>

④ g / s / a / r / s · · · · ·>

Challenge!

請聆聽音檔，並在空格中寫下適當的單字。

❶ Look! A _____ is watching you.

❷ We want to play soccer on the _____ .

• is watching 正在看～（現在式 watch）　soccer 足球

 **Listen & Repeat** 請聆聽以下單字並跟著唸。

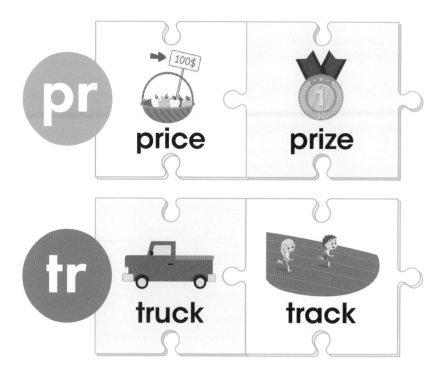

pr

price

prize

tr

truck

track

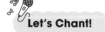 **Let's Chant!** 請聆聽輕快的英語口訣，並跟著唱。

price price prize prize

truck truck track track

・price 價格　prize 獎，獎品　truck 貨車　track（比賽用）跑道

A 請聆聽音檔，並寫下來。

① price

② prize

③ truck

④ track

B 請聆聽音檔，將已知的字母排列組合，並在空格中寫出來。

① p / i / c / r / e · · · · · ▷

② c / k / t / u / r · · · · · ▷

③  e / r / z / p / i · · · · · ▷

④ t / a / k / r / c · · · · · ▷

Challenge!

請聆聽音檔，並在空格中寫下適當的單字。

① What is the _____ of the new _____ ?

② For me, pizza is a good _____ .

GOOD JOB

・ new 新，新的　good 好的

REVIEW 01

A 請從提示中找出圖像的正確單字並寫在虛線上。

track front slim drive clock plant

1

2

3

4

5

6

B 請聆聽音檔，並圈出包含特定雙子音所有的單字圖片。

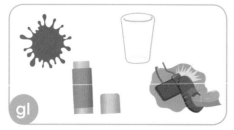

C 請聆聽音檔，並從字母表中圈出適當的單字。

k	q	v	n	x	k	d	u
p	c	m	c	c	g	r	o
c	b	a	i	e	n	i	e
l	l	r	l	q	l	n	p
v	b	a	j	b	p	k	a
m	x	n	p	k	r	q	r
n	c	m	l	c	i	a	g
s	l	i	d	e	x	k	d

1 　　2

3 　　4

5 　　6

D 請聆聽音檔，並在虛線中填寫單字完成句子。

1  A kid drew a ＿＿＿＿＿ in class.

2 Be careful when you ＿＿＿＿＿ the street.

3 We want to play soccer on the ＿＿＿＿＿.

4 There is a ＿＿＿＿＿ on the wall.

Unit 08 sc / sk

Listen & Repeat 請聆聽以下單字並跟著唸。

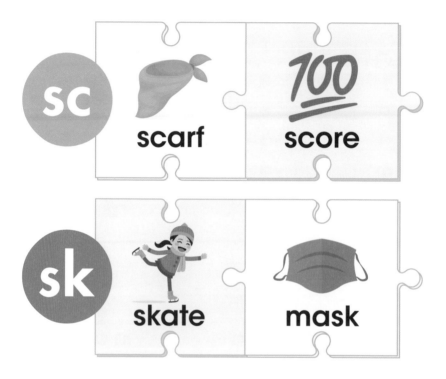

sc scarf score

sk skate mask

Let's Chant! 請聆聽輕快的英語口訣，並跟著唱。

scarf scarf score score

skate skate mask mask

• scarf 圍巾　score 分數　skate 溜冰　mask 口罩

142

A 請聆聽音檔，並寫下來。

❶ scarf

❷ score

❸ skate

❹ mask

B 請聆聽音檔，將已知的字母排列組合，並在空格中寫出來。

❶ s / k / a / m ·····>

❷ f / c / a / s / r ·····>

❸ e / r / o / s / c ·····>

❹ k / s / a / e / t ·····>

Challenge!

請聆聽音檔，並在空格中寫下適當的單字。

❶ Don't forget to bring your _____ .

❷ I got a perfect _____ on the exam.

GOOD JOB

・forget 忘記　bring 帶來　got 得到（現在式 get）　perfect 完美地　exam 考試

 **Listen & Repeat** 請聆聽以下單字並跟著唸。

sm

smell

smile

sn

snake

snack

 **Let's Chant!** 請聆聽輕快的英語口訣,並跟著唱。

smell smell smile smile

snake snake snack snack

• smell 聞,味道 smile 微笑 snake 蛇 snack 點心

A 請聆聽音檔，並寫下來。

❶ smell

❷ smile

❸ snake

❹ snack

B 請聆聽音檔，將已知的字母排列組合，並在空格中寫出來。

❶ m / i / s / l / e ·····>

❷ e / a / k / s / n ·····>

❸ s / n / c / a / k ·····>

❹ m / l / e / l / s ·····>

Challenge!

請聆聽音檔，並在空格中寫下適當的單字。

❶ I can _____ my _____ .

❷ He has a big _____ .

GOOD JOB

187頁　145

Listen & Repeat 請聆聽以下單字並跟著唸。

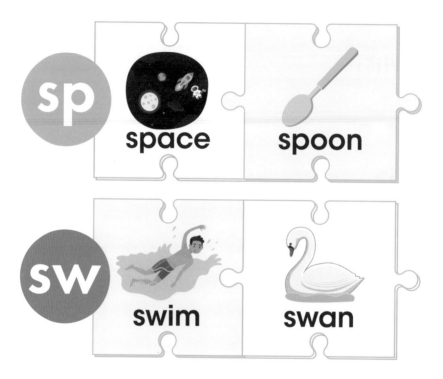

sp space spoon

sw swim swan

 **Let's Chant!** 請聆聽輕快的英語口訣,並跟著唱。

space space spoon spoon
swim swim swan swan

• space 宇宙　spoon 湯匙　swim 游泳　swan 天鵝

146

A 請聆聽音檔，並寫下來。

❶ space ❷ spoon

❸ swim ❹ swan

B 請聆聽音檔，將已知的字母排列組合，並在空格中寫出來。

❶ s / a / w / n ·····›

❷ o / s / o / p / n ·····›

❸ m / i / w / s ·····›

❹ c / s / e / p / a ·····›

請聆聽音檔，並在空格中寫下適當的單字。

❶ How do you use a　　　in　　　.

❷ A　　　is swimming in the lake.

· how 如何　use 使用　is swimming 正在游泳（現在式 swim）

Listen & Repeat 請聆聽以下單字並跟著唸。

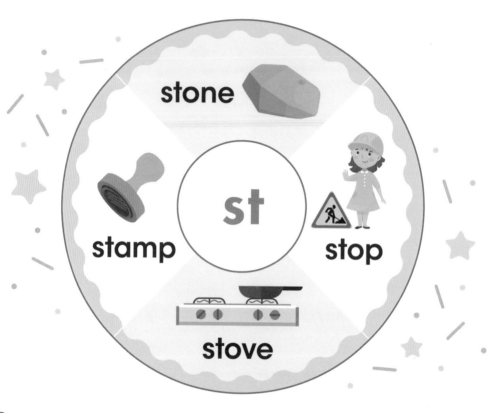

 Let's Chant! 請聆聽輕快的英語口訣,並跟著唱。

• stone 石頭　stop 停止,中止　stove 爐,火爐　stamp 郵票,印章

A 請聆聽音檔，並寫下來。

❶ stone

❷ stop

❸ stove

❹ stamp

B 請聆聽音檔，將已知的字母排列組合，並在空格中寫出來。

 ❶ e / s / o / t / n ·····▷

 ❷ p / t / s / m / a ·····▷

 ❸ v / e / o / t / s ·····▷

❹ s / o / p / t ·····▷

Challenge!

請聆聽音檔，並在空格中寫下適當的單字。

❶ My mom bought a big _____ .

❷ I threw a _____ into the river.

· bought 買了（現在式 buy）　threw 丟了（現在式 throw）　river 河

 **Listen & Repeat** 請聆聽以下單字並跟著唸。

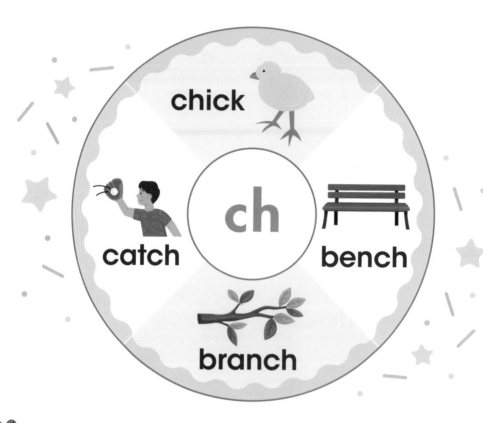

 Let's Chant! 請聆聽輕快的英語口訣，並跟著唱。

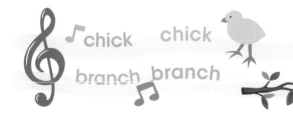

・chick 小雞　bench 長椅　branch 樹枝　catch 接住

A 請聆聽音檔，並寫下來。

① chick

② bench

③ branch

④ catch

B 請聆聽音檔，將已知的字母排列組合，並在空格中寫出來。

① h / b / r / n / a / c ·····⟩ ☐

② c / c / a / t / h ·····⟩ ☐

③ i / c / k / h / c ·····⟩ ☐

④ n / e / b / c / h ·····⟩ ☐

Challenge!

請聆聽音檔，並在空格中寫下適當的單字。

❶ I sat on a _____ .

❷ Some birds are sitting on a _____ .

• sat 坐著（現在式 sit）　some 有些　bird 鳥　are sitting 正在坐（現在式 sit）

Listen & Repeat 請聆聽以下單字並跟著唸。

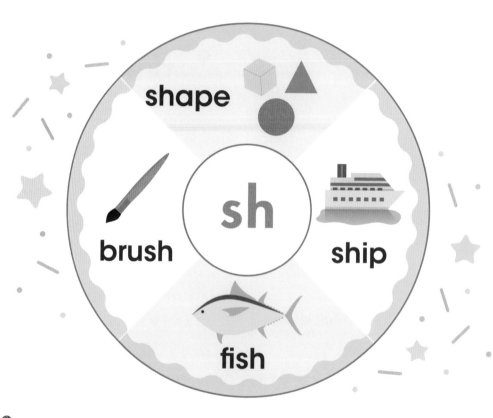

Let's Chant! 請聆聽輕快的英語口訣，並跟著唱。

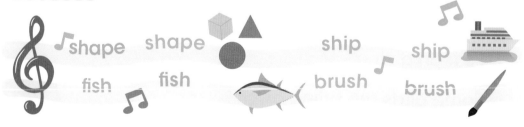

• shape 形狀　ship（大的）船　fish 魚，魚類　brush 畫筆

A 請聆聽音檔，並寫下來。

① shape

② ship

③ fish

④ brush

B 請聆聽音檔，將已知的字母排列組合，並在空格中寫出來。

① h / s / a / p / e ·····❯

② b / s / u / r / h ·····❯

③ i / f / s / h ·····❯

④ p / s / i / h ·····❯

Challenge!

請聆聽音檔，並在空格中寫下適當的單字。

❶ I used a   to draw a ship.

❷ I drew   next to the ship.

GOOD JOB

· used 使用（現在式 use）

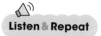 **Listen & Repeat** 請聆聽以下單字並跟著唸。

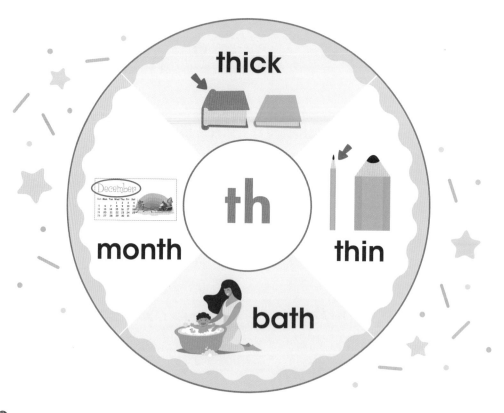

 Let's Chant! 請聆聽輕快的英語口訣,並跟著唱。

・thick 厚的　thin 薄的　bath 洗澡　month 月,月份

A 請聆聽音檔，並寫下來。

① thick

② thin

③ bath

④ month

B 請聆聽音檔，將已知的字母排列組合，並在空格中寫出來。

①  h / n / i / t ····· ➤

② 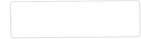 c / k / i / t / h ····· ➤

③  m / t / n / o / h ····· ➤

④  a / t / b / h ····· ➤

Challenge!

請聆聽音檔，並在空格中寫下適當的單字。

❶ This straw is too _____ .

❷ I take a _____ every day.

・straw 吸管　too 太～　every day 每天

Unit
15 wh

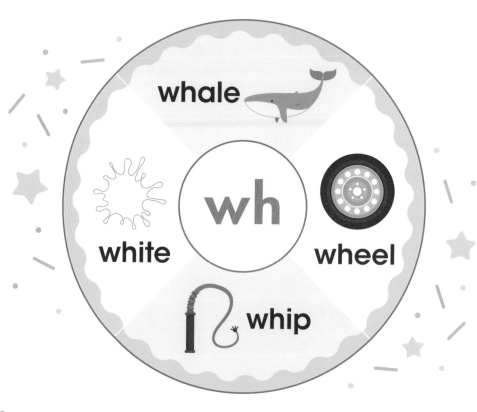

whale

wh

white

wheel

whip

Let's Chant! 請聆聽輕快的英語口訣，並跟著唱。

whale whale   wheel wheel

whip whip   white white

• whale 鯨魚　wheel 輪子　whip 鞭子　white 白色，白色的

A 請聆聽音檔，並寫下來。

❶ whale

❷ wheel

❸ whip

❹ white

B 請聆聽音檔，將已知的字母排列組合，並在空格中寫出來。

❶ l / w / a / h / e ·····➤

❷ h / w / i / p ·····➤

❸ e / h / i / w / t ·····➤

❹ w / e / e / l / h ·····➤

Challenge!

請聆聽音檔，並在<u>空格</u>中寫下適當的單字。

❶ My favorite animal is the   .

❷ The color of the wheel is   .

• favorite 非常喜歡的   animal 動物   of ～的

REVIEW 02

A 請從提示中找出圖像的正確單字並寫在虛線上。

skate　white　thick　whale　scarf　stop

1

2

3

4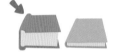

5

6

B 請聆聽音檔，並圈出包含特定雙子音所有的單字圖片。

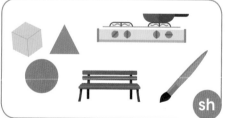

C 請聆聽音檔，並從字母表中圈出適當的單字。

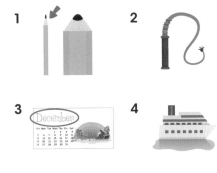

1

2

3

4

5

6

D 請聆聽音檔，並在虛線中填寫單字完成句子。

1   A _____ is swimming in the lake.

2   I take a _____ every day.

3   I drew _____ next to the ship.

4   Some birds are sitting on a _____.

Learn More! 02

特別的雙子音
ck / ff、ll、ss、tt / gh、ph / nk、nt、ng

「連著出現的兩個子音」稱為雙子音。雖然它們是雙子音，但我們將會學習關於這些特別雙子音的獨特發音吧。

1 ck 的型態

字母 c 的基本發音為 [k]；k 的基本發音也為 [k]。雖然 c 與 k 接連出現，會發 [kk] 的音，但在這時候只會發 [k] 的短音。

back 後面　　**ne**ck 脖子　　**ro**ck 石頭　　**so**ck 襪子

2 ff、ll、ss、tt 的型態

在英文中，有像是 puff、dell、dress 字尾出現兩個相同子音的單字。而英文中有個規則是，單一音節如果以 f、l、s、t 結尾需要寫兩次子音。例如「嗡嗡聲」的 buzz 也是適用這個規則。

我們來介紹適用於這個規則的單字吧。（※在特殊情況下，tt 不會出現在單字字尾，而是出現在單字中間。）

puff 吹氣，喘氣	**hu**ff 憤怒	**cu**ff 袖口
bell 鈴，鐘	**hi**ll 山丘	**ye**ll 叫喊
dress 裙子、連身裙	**mi**ss 錯過，想念	**le**ss 較少的
butt （用頭）推擠	**ki**tten 幼貓	**li**ttle 小的，很少的

3 gh、ph 的型態

gh 與 ph 的發音類似字母 f 的發音。希臘字母 phi 發 f 的音，因而影響到英文，產生 gh、ph 組成的英文單字要發 [f] 的音。

| **laugh** 笑 | **enough** 足夠的 | **graph** 圖表 | **phone** 電話 |

4 nk、nt、ng 的型態

字母 n 是口腔稍微堵住的發音。尤其是 n 的後面出現 k、t、g，比起徹底發 n 的音，口腔發音時會包含 n 的音，並清楚地發後面的 k [k]、t [t] 的音。

但 n 的後面出現 g 時會有點不太一樣。g 的基本發音是 [g]，但 ng 是發 [ŋ] 而不是 [ng] 的音。我們來看一下 ng 與母音結合的情況吧！ang 是發 [æŋ] 以及 ing 是發 [ɪŋ]；請記住並理解它們不是發 [æng] 與 [ing] 的音。

pink 粉紅色，粉紅色的	**wink** 眨眼	**bank** 銀行	**skunk** 臭鼬
hint 暗示，提醒	**cent** 分（錢的單位）	**tent** 帳篷	**front** 前面，正面
wing 翅膀	**long** 長的，長久的	**swing** 搖擺	**strong** 強壯的，結實的

不發音的 b、h、k、t、w

所有字母都有屬於自己的名稱與發音，然而還有不發音但出現在單字中的字母。例如，在 PART 3 中所學到的「Magic e」，另外還有雖然是雙子音，但發音只發一個子音的音。

像這樣，拼字中寫出來，但不發音的字母稱為「不發音字母」。通常是 b、h、k、t、w 成為不發音的字母。

不發音的代表單字最好可以另外記住。

comb 梳子	**thumb** 大拇指	**climb** 往上爬	**lamb** 小羊
ghost 鬼	**hour**（一個）小時	**school** 學校	**what** 什麼
knife 刀子	**knight** 騎士	**knee** 膝蓋	**knock** 敲（門）
castle 城堡	**listen** 聽	**match** 比賽，競賽	**often** 經常
sword 劍，刀	**two** 二	**answer** 答案，回答	**whole** 整體的

雙母音

雙母音是指「2 個相連的母音」，也就是説母音是以兩個母音的型態出現。

若母音並排出現的話，就能夠發出多種發音。如果前面的母音發長母音，後面的母音就不發音，或是兩個母音合併，並形成意想不到的發音。

現在我們來學習、了解代表的雙母音與它們的發音吧！

ai	ay	oa	oi	oy
ee	ea	ow	ou	oo

train

coat

beach

foot

Unit 01 ai /ay

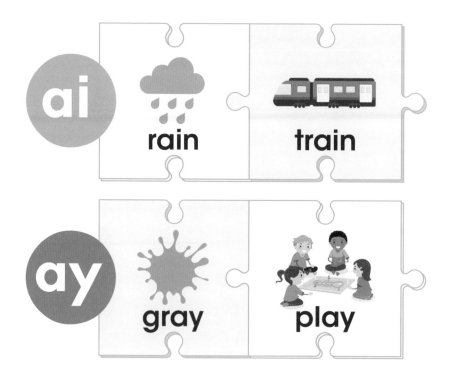

ai　rain　train

ay　gray　play

Let's Chant! 請聆聽輕快的英語口訣，並跟著唱。

rain　rain　train　train

gray　gray　play　play

・rain 雨，下雨　train 火車　gray 灰色，灰色的　play 玩（遊戲）

164

A 請聆聽音檔，並寫下來。

① rain
② train
③ gray
④ play

B 請聆聽音檔，圈出正確的單字，並在空格中寫出來。

① rain / train ·····>
② rain / train ·····>
③ play / gray ·····>
④ play / gray ·····>

Challenge!

請聆聽音檔，並在空格中寫下適當的單字。

❶ When I took the _____, it began to rain.

❷ Let's _____ hide and seek.

・took 搭乘（現在式 take）　began 開始（現在式 begin）　hide and seek 捉迷藏

02 oa / ow

Listen & Repeat　請聆聽以下單字並跟著唸。

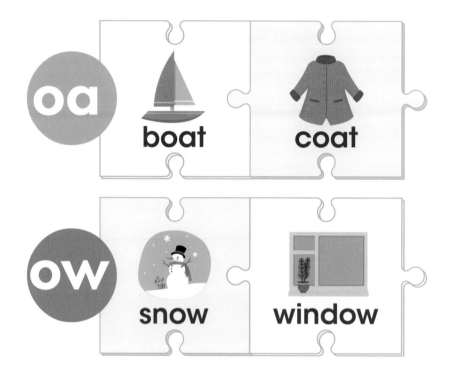

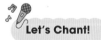

Let's Chant!　請聆聽輕快的英語口訣，並跟著唱。

・boat（小）船　coat 外套　snow 雪，下雪　window 窗戶

166

A 請聆聽音檔，並寫下來。

① boat

② coat

③ snow

④ window

B 請聆聽音檔，圈出正確的單字，並在空格中寫出來。

① snow / window ·····›

② coat / boat ·····›

③ snow / window ·····›

④ boat / coat ·····›

Challenge!

請聆聽音檔，並在空格中寫下適當的單字。

① Snow is falling outside the   .

② It's cold outside. You need a   .

・is falling 正在墜落，正在往下（現在式 fall）　cold 寒冷的　need 需要

03 oi /oy

 **Listen & Repeat** 請聆聽以下單字並跟著唸。

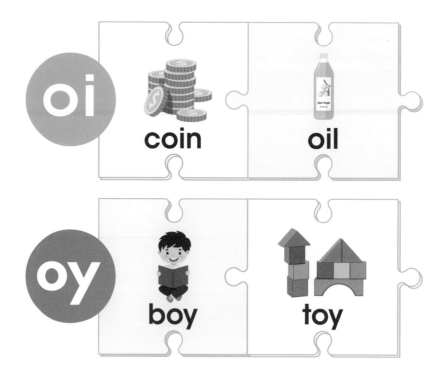

oi coin oil

oy boy toy

 Let's Chant! 請聆聽輕快的英語口訣,並跟著唱。

 coin coin   oil oil

boy boy   toy toy

· coin 硬幣 oil 油 boy 男孩 toy 玩具

168

A 請聆聽音檔，並寫下來。

① coin　② oil

③ boy　④ toy

B 請聆聽音檔，圈出正確的單字，並在空格中寫出來。

① coin / oil ·····›

② boy / toy ·····›

③ coin / oil ·····›

④ toy / boy ·····›

Challenge!

請聆聽音檔，並在空格中寫下適當的單字。

❶ The ＿＿＿＿ wants a toy for his birthday.

❷ Insert a ＿＿＿＿ into the machine.

GOOD JOB

・for 為了～　birthday 生日　insert 插入　machine 機器

Listen & Repeat 請聆聽以下單字並跟著唸。

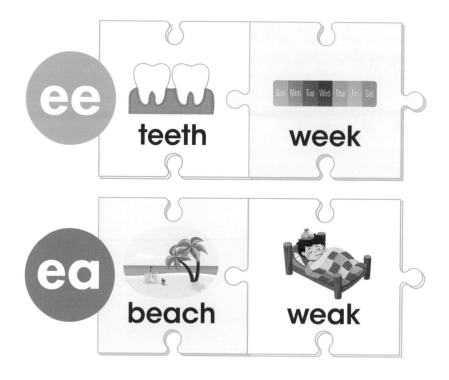

ee teeth week

ea beach weak

Let's Chant! 請聆聽輕快的英語口訣，並跟著唱。

teeth teeth week week

beach beach weak weak

• teeth 牙齒（多數，單數 teeth） week 一週，每週 beach 海灘 weak 虛弱

A 請聆聽音檔，並寫下來。

① teeth　　　　② week

③ beach　　　　④ weak

B 請聆聽音檔，圈出正確的單字，並在空格中寫出來。

①  teeth / beach ·····⟩

②  weak / week ·····⟩

③ beach / teeth ·····⟩

④ weak / week ·····⟩

Challenge!

請聆聽音檔，並在空格中寫下適當的單字。

❶ My _____ are weak. I can't bite hard foods.

❷ Let's go to the _____ this week.

· can't 不能～　bite 咬　hard 硬的　food 食物

Unit
05 ow

Listen & Repeat　請聆聽以下單字並跟著唸。

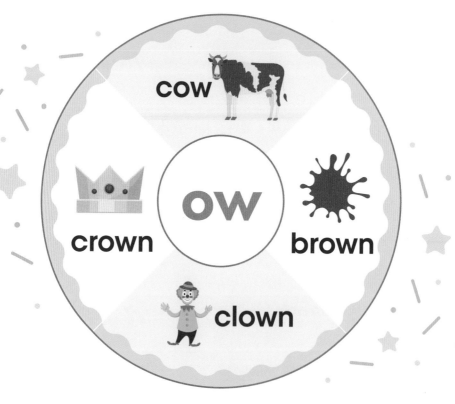

cow

ow

crown　　brown

clown

**Let's Chant!**　請聆聽輕快的英語口訣，並跟著唱。

cow　cow　　brown　brown

clown　clown　　crown　crown

・cow 母牛，奶牛　brown 咖啡色，咖啡色的　clown 小丑　crown 王冠

172

A 請聆聽音檔，並寫下來。

① cow

② brown

③ clown

④ crown

B 請聆聽音檔，圈出正確的單字，並在空格中寫出來。

① crown / clown ·····>

② cow / brown ·····>

③ crown / clown ·····>

④ brown / cow ·····>

Challenge!

請聆聽音檔，並在空格中寫下適當的單字。

❶ I saw a _____ cow on the farm.

❷ A clown is wearing a _____ on his head.

GOOD JOB

· farm 農場　is wearing 正在穿著（現在式 wear）　head 頭

答案 188頁　173

06 ou

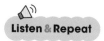

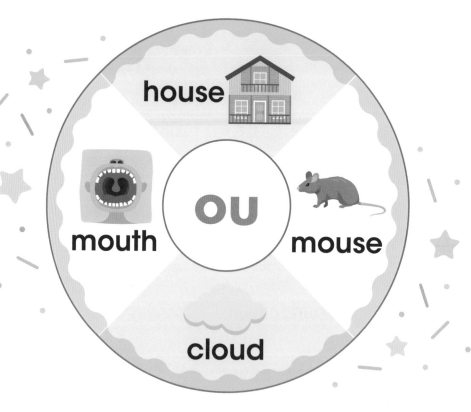

house

ou

mouth　mouse

cloud

 Let's Chant!　請聆聽輕快的英語口訣，並跟著唱。

 house　house　🏠　mouse　mouse 🐭

cloud　cloud　☁️　mouth　mouth

・house 房子　mouse 老鼠（多數 mice）　cloud 雲　mouth 嘴

A 請聆聽音檔，並寫下來。

① house　　　② mouse

③ cloud　　　④ mouth

B 請聆聽音檔，圈出正確的單字，並在空格中寫出來。

①  **mouth / cloud** ·····>

② **mouse / house** ·····>

③  **cloud / mouth** ·····>

④ **mouse / house** ·····>

Challenge!

請聆聽音檔，並在空格中寫下適當的單字。

❶ The cloud is the shape of a　　　.

❷ My family moved to a new　　　.

• moved 搬家，移動（現在式 move）

Unit 07 oo(short)

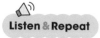

book

wood

oo

cook

foot

 Let's Chant! 請聆聽輕快的英語口訣，並跟著唱。

book　book 　cook　cook

foot　foot　　　　　　wood　wood

・book 書　cook 烹煮　foot（一隻）腳，(feet 兩隻腳)
　wood（小規模的）樹林（比較常寫 woods）

A 請聆聽音檔,並寫下來。

① book ② cook ③ foot ④ wood

B 請聆聽音檔,圈出正確的單字,並在空格中寫出來。

① foot / wood · · · · ·〉

②  cook / book · · · · ·〉

③ wood / foot · · · · ·〉

④ cook / book · · · · ·〉

請聆聽音檔,並在空格中寫下適當的單字。

① My left _____ hurts! I should go to the hospital.

② The cook is reading his _____ .

・left 左邊　hurt 疼痛　should 應該～　hospital 醫院
　is reading 正在閱讀(現在式 read)

08 oo(long)

pool

food

oo

moon

room

 Let's Chant! 請聆聽輕快的英語口訣，並跟著唱。

pool   pool   moon   moon

room   room   food   food

・pool 游泳池   moon 月亮   room 房間   food 食物

A 請聆聽音檔，並寫下來。

① pool

② moon

③ room

④ food

B 請聆聽音檔，圈出正確的單字，並在空格中寫出來。

① room / moon ·····➤

② food / pool ·····➤

③ pool / food ·····➤

④ moon / room ·····➤

Challenge!

請聆聽音檔，並在空格中寫下適當的單字。

❶ It is fun to go to the ____ !

❷ Someday, I will go to the ____ .

GOOD JOB

· fun 愉快的，有趣的　someday（將來）有一天　will 將會～

REVIEW 01

A 請從提示中找出圖像的正確單字並寫在虛線上。

play　coat　beach　cloud　food　cook

1

2

3

4

5

6

B 請聆聽音檔，並圈出包含特定雙子音所有的單字圖片。

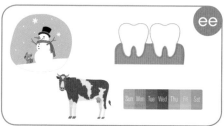

C 請聆聽音檔，並從字母表中圈出適當的單字。

1   2

3   4

5   6

D 請聆聽音檔，並在虛線中填寫單字完成句子。

1   My left _____ hurts!

2   The _____ wants a toy for his birthday.

3   The cook is reading his _____.

4   Someday, I will go to the _____.

r 的發音 ar、or、er、ir、ur / ear

中文也有類似字母 r 的發音，像是注音 ㄖ 的發音。而英文字母 r 與字母 l 發類似的音，但它們之間的差異是舌尖不會接觸上顎。r 的發音是舌頭在口腔內捲曲，稍微滾動並發出聲音。

因為 r 的發音不容易發聲，所以我們現在來仔細看一下「母音 + r」如何發音吧！

1 ar、or、er、ir、ur 的型態

如果母音 a 出現在 r 的前面，發音會更接近 [ɑ] 的音，並接連著輕輕發出後面的發音。如果母音 o 出現在 r 的前面，會快速發出 [ɔ] 的音，並接連著輕輕發出後面的發音。剩下的母音 e、i、u 如果只聽發音的話，會很難區分這三個母音是哪一個。所以必須要記住有 er、ir、ur 單字的發音。

car 汽車	dark 黑暗的	arm 手臂	park 公園
horse 馬	fork 叉子	store 商店	corn 玉米，穀物
teacher 老師，教師	germ 細菌，微生物	water 水	whisper 低語
bird 鳥	girl 女孩	shirt 襯衫	skirt 裙子
turtle 烏龜	purple 紫色，紫色的	nurse 護士	hurt 受傷，傷害

2 ear 的型態

ear 所形成的單字會有三種發音，現在我們來看看這三種發音的情況吧。

① 發音 [ɪr] 的情況

ear 耳朵　　hear 聽　　year 年

② 發音 [ɝ] 的情況

early 提早的　　earth 地球　　pearl 珍珠

③ 發音 [ɛr] 的情況

bear 熊　　pear 梨子　　wear 穿著

🎧 LM003

了解關於雙母音 aw、au／ew 的更多資訊

1 aw、au 的型態

字母 w 與 y 一樣，都是子音也是半母音。我們在 PART 5 中學到，雙母音 ow 發 [o] 和 [aʊ] 的音。那麼「a + w」會發什麼音呢？

aw 是類似中文注音 [ㄛ] 的音，要唸 [ɔ]。但有趣的是，au 也跟 aw 發相同的音，也和在 PART 2 的 UNIT 13 中出現的短母音 o 發音一樣。這是發音非常困難的字母，必須持續反覆聽母語老師的發音，並重複念出相似的音。如果覺得練習得不夠，可以再回到 PART 2 的 UNIT 13 聆聽並練習單字。

jaw 下巴　　**saw** 鋸子　　**straw** 吸管　　**astronaut** 太空人

2 ew 的型態

如果母音 e 與 w 相連，會有兩種發音。一個是長母音 u 發 [ju] 的情況，另一個是發 [u] 的情況。

[ju]　**few** 幾個　　　**nephew** 姪子，外甥　　**view** 景觀，風景

[u]　**crew** 空服員　　**screw** 螺絲　　　　　**chew** 咀嚼

答案 Answer

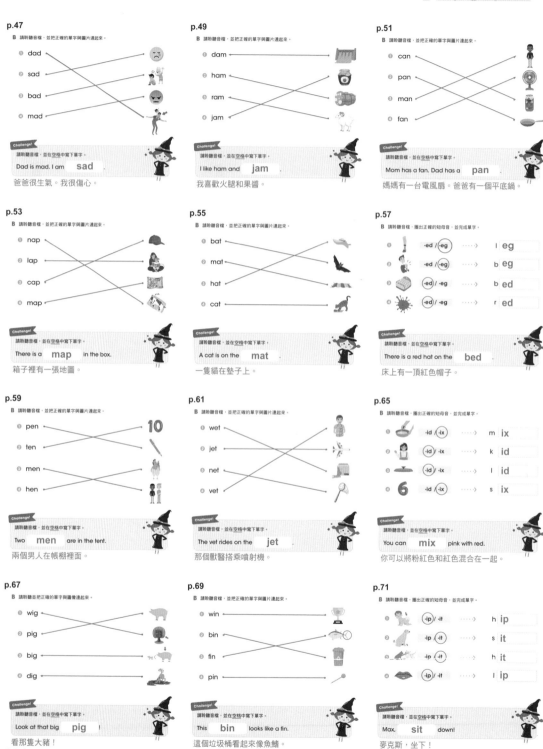

p.47

B 請聆聽音檔，並把正確的單字與圖片連起來。

1. dad
2. sad
3. bad
4. mad

Challenge!
請聆聽音檔，並在空格中寫下單字。
Dad is mad. I am **sad**.
爸爸很生氣。我很傷心。

p.49

B 請聆聽音檔，並把正確的單字與圖片連起來。

1. dam
2. ham
3. ram
4. jam

Challenge!
請聆聽音檔，並在空格中寫下單字。
I like ham and **jam**.
我喜歡火腿和果醬。

p.51

B 請聆聽音檔，並把正確的單字與圖片連起來。

1. can
2. pan
3. man
4. fan

Challenge!
請聆聽音檔，並在空格中寫下單字。
Mom has a fan. Dad has a **pan**.
媽媽有一台電風扇。爸爸有一個平底鍋。

p.53

B 請聆聽音檔，並把正確的單字與圖片連起來。

1. nap
2. lap
3. cap
4. map

Challenge!
請聆聽音檔，並在空格中寫下單字。
There is a **map** in the box.
箱子裡有一張地圖。

p.55

B 請聆聽音檔，並把正確的單字與圖片連起來。

1. bat
2. mat
3. hat
4. cat

Challenge!
請聆聽音檔，並在空格中寫下單字。
A cat is on the **mat**.
一隻貓在墊子上。

p.57

B 請聆聽音檔，圈出正確的短母音，並完成單字。

1. -ed / **-eg** ·····> l **eg**
2. -ed / **-eg** ·····> b **eg**
3. **-ed** / -eg ·····> b **ed**
4. **-ed** / -eg ·····> r **ed**

Challenge!
請聆聽音檔，並在空格中寫下單字。
There is a red hat on the **bed**.
床上有一頂紅色帽子。

p.59

B 請聆聽音檔，並把正確的單字與圖片連起來。

1. pen
2. ten
3. men
4. hen

Challenge!
請聆聽音檔，並在空格中寫下單字。
Two **men** are in the tent.
兩個男人在帳棚裡面。

p.61

B 請聆聽音檔，並把正確的單字與圖片連起來。

1. wet
2. jet
3. net
4. vet

Challenge!
請聆聽音檔，並在空格中寫下單字。
The vet rides on the **jet**.
那個獸醫搭乘噴射機。

p.65

B 請聆聽音檔，圈出正確的短母音，並完成單字。

1. -id / **-ix** ·····> m **ix**
2. **-id** / -ix ·····> k **id**
3. **-id** / -ix ·····> l **id**
4. -id / **-ix** ·····> s **ix**

Challenge!
請聆聽音檔，並在空格中寫下單字。
You can **mix** pink with red.
你可以將粉紅色和紅色混合在一起。

p.67

B 請聆聽音檔把正確的單字與圖像連起來。

1. wig
2. pig
3. big
4. dig

Challenge!
請聆聽音檔，並在空格中寫下單字。
Look at that big **pig** !
看那隻大豬！

p.69

B 請聆聽音檔，並把正確的單字與圖片連起來。

1. win
2. bin
3. fin
4. pin

Challenge!
請聆聽音檔，並在空格中寫下單字。
This **bin** looks like a fin.
這個垃圾桶看起來像魚鰭。

p.71

B 請聆聽音檔，圈出正確的短母音，並完成單字。

1. -ip / **-it** ·····> h **ip**
2. -ip / **-it** ·····> s **it**
3. -ip / **-it** ·····> h **it**
4. **-ip** / -it ·····> l **ip**

Challenge!
請聆聽音檔，並在空格中寫下單字。
Max, **sit** down!
麥克斯，坐下！

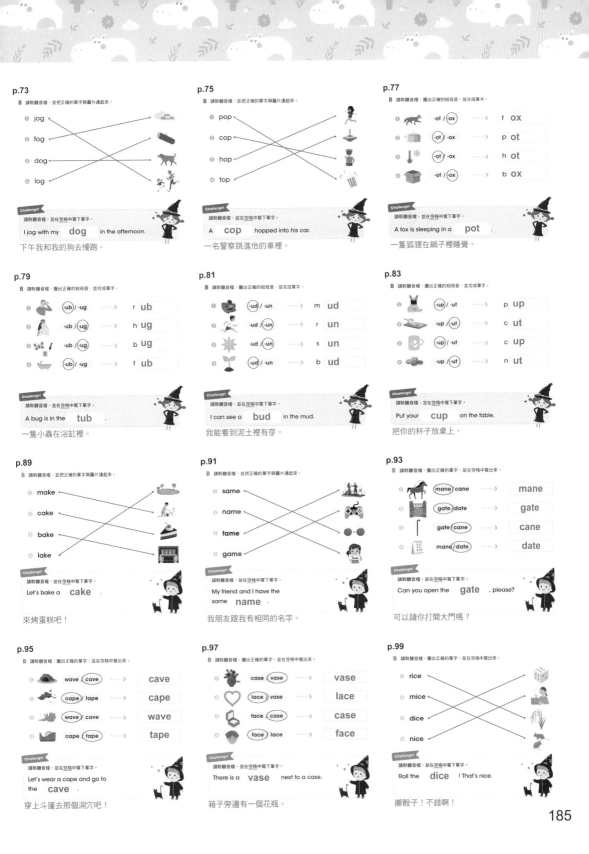

p.73
B 請聆聽音檔，並把正確的單字與圖片連起來。

① jog
② fog
③ dog
④ log

Challenge!
請聆聽音檔，並在空格中寫下單字。
I jog with my **dog** in the afternoon.
下午我和我的狗去慢跑。

p.75
B 請聆聽音檔，並把正確的單字與圖片連起來。

① pop
② cop
③ hop
④ top

Challenge!
請聆聽音檔，並在空格中寫下單字。
A **cop** hopped into his car.
一名警察跳進他的車裡。

p.77
B 請聆聽音檔，圈出正確的短母音，並完成單字。

① -ot / (-ox) ·····> f **ox**
② (-ot) / -ox ·····> p **ot**
③ (-ot) / -ox ·····> h **ot**
④ -ot / (-ox) ·····> b **ox**

Challenge!
請聆聽音檔，並在空格中寫下單字。
A fox is sleeping in a **pot**.
一隻狐狸在鍋子裡睡覺。

p.79
B 請聆聽音檔，圈出正確的短母音，並完成單字。

① (-ub) / -ug ·····> r **ub**
② -ub / (-ug) ·····> h **ug**
③ -ub / (-ug) ·····> b **ug**
④ (-ub) / -ug ·····> t **ub**

Challenge!
請聆聽音檔，並在空格中寫下單字。
A bug is in the **tub**.
一隻小蟲在浴缸裡。

p.81
B 請聆聽音檔，圈出正確的短母音，並完成單字。

① (-ud) / -un ·····> m **ud**
② -ud / (-un) ·····> r **un**
③ -ud / (-un) ·····> s **un**
④ (-ud) / -un ·····> b **ud**

Challenge!
請聆聽音檔，並在空格中寫下單字。
I can see a **bud** in the mud.
我能看到泥土裡有芽。

p.83
B 請聆聽音檔，圈出正確的短母音，並完成單字。

① (-up) / -ut ·····> p **up**
② -up / (-ut) ·····> c **ut**
③ (-up) / -ut ·····> c **up**
④ -up / (-ut) ·····> n **ut**

Challenge!
請聆聽音檔，並在空格中寫下單字。
Put your **cup** on the table.
把你的杯子放桌上。

p.89
B 請聆聽音檔，並把正確的單字與圖片連起來。

① make
② cake
③ bake
④ lake

Challenge!
請聆聽音檔，並在空格中寫下單字。
Let's bake a **cake**.
來烤蛋糕吧！

p.91
B 請聆聽音檔，並把正確的單字與圖片連起來。

① same
② name
③ fame
④ game

Challenge!
請聆聽音檔，並在空格中寫下單字。
My friend and I have the same **name**.
我朋友跟我有相同的名字。

p.93
B 請聆聽音檔，圈出正確的單字，並在空格中寫出來。

① (mane) / cane ·····> **mane**
② (gate) / date ·····> **gate**
③ gate / (cane) ·····> **cane**
④ mane / (date) ·····> **date**

Challenge!
請聆聽音檔，並在空格中寫下單字。
Can you open the **gate**, please?
可以請你打開大門嗎？

p.95
B 請聆聽音檔，圈出正確的單字，並在空格中寫出來。

① wave / (cave) ·····> **cave**
② (cape) / tape ·····> **cape**
③ (wave) / cave ·····> **wave**
④ cape / (tape) ·····> **tape**

Challenge!
請聆聽音檔，並在空格中寫下單字。
Let's wear a cape and go to the **cave**.
穿上斗篷去那個洞穴吧！

p.97
B 請聆聽音檔，圈出正確的單字，並在空格中寫出來。

① case / (vase) ·····> **vase**
② (lace) / vase ·····> **lace**
③ face / (case) ·····> **case**
④ (face) / lace ·····> **face**

Challenge!
請聆聽音檔，並在空格中寫下單字。
There is a **vase** next to a case.
箱子旁邊有一個花瓶。

p.99
B 請聆聽音檔，圈出正確的單字，並在空格中寫出來。

① rice
② mice
③ dice
④ nice

Challenge!
請聆聽音檔，並在空格中寫下單字。
Roll the **dice**! That's nice.
擲骰子！不錯啊！

B 請聆聽音檔，圈出正確的單字，並在空格中寫出來。

① hide (hike) ·····> hike
② (ride) hike ·····> ride
③ hide (bike) ·····> hide
④ ride (bike) ·····> bike

Challenge!
請聆聽音檔，並在空格中寫下單字。

I like to ride my **bike** in the park.

我喜歡在公園騎腳踏車。

B 請聆聽音檔，圈出正確的單字，並在空格中寫出來。

① (time) lime ·····> time
② dive (five) ·····> five
③ five (dive) ·····> dive
④ time (lime) ·····> lime

Challenge!
請聆聽音檔，並在空格中寫下單字。

Oh, this **lime** is very sour!

噢，這顆萊姆非常酸！

B 請聆聽音檔，圈出正確的單字，並在空格中寫出來。

① vine
② line
③ pine
④ nine

Challenge!
請聆聽音檔，並在空格中寫下單字。

Draw a **line** with your pencil.

用你的鉛筆畫一條線。

B 請聆聽音檔，圈出正確的單字，並在空格中寫出來。

① (bite) wipe ·····> bite
② (kite) pipe ·····> kite
③ kite (pipe) ·····> pipe
④ bite (wipe) ·····> wipe

Challenge!
請聆聽音檔，並在空格中寫下單字。

Let's go outside and fly a **kite**.

我們去外面放風箏吧。

B 請聆聽音檔，圈出正確的單字，並在空格中寫出來。

① (home) hole ·····> home
② mole (hole) ·····> hole
③ dome (home) ·····> dome
④ dome (mole) ·····> mole

Challenge!
請聆聽音檔，並在空格中寫下單字。

A **mole** is in the hole.

一隻鼴鼠在坑洞裡。

B 請聆聽音檔，圈出正確的單字，並在空格中寫出來。

① rose (nose) ·····> nose
② (cone) bone ·····> cone
③ (rose) nose ·····> rose
④ (bone) cone ·····> bone

Challenge!
請聆聽音檔，並在空格中寫下單字。

I gave a **rose** to my grandma.

我給奶奶一朵玫瑰花。

B 請聆聽音檔，圈出正確的單字，並在空格中寫出來。

① (hope) vote ·····> hope
② note (rope) ·····> rope
③ (vote) rope ·····> vote
④ hope (note) ·····> note

Challenge!
請聆聽音檔，並在空格中寫下單字。

Ken is throwing a **rope**.

肯丟了一條繩子。

B 請聆聽音檔，圈出正確的單字，並在空格中寫出來。

① cube (cute) ·····> cute
② tube (cube) ·····> cube
③ mute (tube) ·····> tube
④ (mute) cute ·····> mute

Challenge!
請聆聽音檔，並在空格中寫下單字。

There is a big ice **cube** on the plate.

在盤子上有塊大冰塊。

B 請聆聽音檔，圈出正確的單字，並在空格中寫出來。

① rule (mule) ·····> mule
② (June) tune ·····> June
③ June (tune) ·····> tune
④ (rule) mule ·····> rule

Challenge!
請聆聽音檔，並在空格中寫下單字。

The mule was born in **June**.

這隻騾子在六月出生。

B 請聆聽音檔，將已知的字母排列組合，並在空格中寫出來。

① l/b/u/e ·····> blue
② c/o/l/k/c ·····> clock
③ p/l/a/c ·····> clap
④ b/a/l/k/c ·····> black

Challenge!
請聆聽音檔，並在空格中寫下適當的單字。

❶ There is a **clock** on the wall.
❷ Its color is **blue**.

GOOD JOB

❶ 在牆上有個時鐘。
❷ 它的顏色是藍色。

B 請聆聽音檔，將已知的字母排列組合，並在空格中寫出來。

① e/u/l/g ·····> glue
② l/s/s/g/a ·····> glass
③ t/f/a/l ·····> flat
④ g/l/a/f ·····> flag

Challenge!
請聆聽音檔，並在空格中寫下適當的單字。

❶ Pass me the **glass**, please.
❷ We made a big **flag** in class.

❶ 請遞給我那個玻璃杯。
❷ 我們在課堂上做了一面大旗子。

B 請聆聽音檔，將已知的字母排列組合，並在空格中寫出來。

① d/i/e/s/l ·····> slide
② l/e/n/a/p ·····> plane
③ s/m/i/l ·····> slim
④ p/l/t/a/n ·····> plant

Challenge!
請聆聽音檔，並在空格中寫下適當的單字。

❶ A kid drew a **plane** in class.
❷ The plant is tall and **slim**.

GOOD JOB

❶ 一個小孩在課堂上畫了一架飛機。
❷ 這株植物又高又細。

p.133

B 請聆聽音檔，將已知的字母排列組合，並在空格中寫出來。

1. b/a/e/r/k ·····> **brake**
2. r/c/a/b ·····> **crab**
3. o/s/s/c/r ·····> **cross**
4. k/c/i/r/b ·····> **brick**

Challenge!

請聆聽音檔，並在空格中寫下適當的單字。

1. Be careful when you **cross** the street.
2. A girl drew a **crab** on the brick.

GOOD JOB

1. 在過馬路時要小心。
2. 一個女孩在磚頭上畫一隻螃蟹。

p.135

B 請聆聽音檔，將已知的字母排列組合，並在空格中寫出來。

1. g/n/o/t/d/a ·····> **dragon**
2. u/m/d/r ·····> **drum**
3. k/d/i/r/n ·····> **drink**
4. d/v/r/i/e ·····> **drive**

Challenge!

請聆聽音檔，並在空格中寫下適當的單字。

1. I want to **drive** a car.
2. I played with a **dragon** in my dream.

GOOD JOB

1. 我想要開車。
2. 我在夢裡跟一隻龍玩。

p.137

B 請聆聽音檔，將已知的字母排列組合，並在空格中寫出來。

1. g/p/r/a/e ·····> **grape**
2. g/o/r/f ·····> **frog**
3. f/t/r/o/n ·····> **front**
4. g/s/a/r/s ·····> **grass**

Challenge!

請聆聽音檔，並在空格中寫下適當的單字。

1. Look! A **frog** is watching you.
2. We want to play soccer on the **grass**.

GOOD JOB

1. 看！有隻青蛙正在看你。
2. 我們想要在草地上踢足球。

p.139

B 請聆聽音檔，將已知的字母排列組合，並在空格中寫出來。

1. p/i/c/r/e ·····> **price**
2. c/k/t/u/r ·····> **truck**
3. e/r/z/p/i ·····> **prize**
4. t/a/k/r/c ·····> **track**

Challenge!

請聆聽音檔，並在空格中寫下適當的單字。

1. What is the **price** of the new **truck**?
2. For me, pizza is a good **prize**.

GOOD JOB

1. 這輛新卡車的價錢多少？
2. 對我來說，比薩是個好獎品。

p.143

B 請聆聽音檔，將已知的字母排列組合，並在空格中寫出來。

1. s/k/a/m ·····> **mask**
2. f/c/a/s/r ·····> **scarf**
3. e/r/o/s/c ·····> **score**
4. k/s/a/e/t ·····> **skate**

Challenge!

請聆聽音檔，並在空格中寫下適當的單字。

1. Don't forget to bring your **mask**.
2. I got a perfect **score** on the exam.

GOOD JOB

1. 不要忘記戴口罩。
2. 我在那次測驗中得到滿分。

p.145

B 請聆聽音檔，將已知的字母排列組合，並在空格中寫出來。

1. m/i/s/l/e ·····> **smile**
2. e/a/k/s/n ·····> **snake**
3. s/n/c/a/k ·····> **snack**
4. m/l/e/l/s ·····> **smell**

Challenge!

請聆聽音檔，並在空格中寫下適當的單字。

1. I can **smell** my **snack**.
2. He has a big **smile**.

GOOD JOB

1. 我可以聞到點心的味道。
2. 他有很大的笑容。

p.147

B 請聆聽音檔，將已知的字母排列組合，並在空格中寫出來。

1. s/a/w/n ·····> **swan**
2. o/s/o/p/n ·····> **spoon**
3. m/i/w/s ·····> **swim**
4. c/s/e/p/a ·····> **space**

Challenge!

請聆聽音檔，並在空格中寫下適當的單字。

1. How do you use a **spoon** in **space**?
2. A **swan** is swimming in the lake.

GOOD JOB

1. 在太空要如何用湯匙？
2. 天鵝在湖裡游泳。

p.149

B 請聆聽音檔，將已知的字母排列組合，並在空格中寫出來。

1. e/s/o/t/n ·····> **stone**
2. p/t/s/m/a ·····> **stamp**
3. v/e/o/t/s ·····> **stove**
4. s/o/p/t ·····> **stop**

Challenge!

請聆聽音檔，並在空格中寫下適當的單字。

1. My mom bought a big **stove**.
2. I threw a **stone** into the river.

GOOD JOB

1. 我媽買了一個大爐子。
2. 我丟了一塊石頭到河裡。

p.151

B 請聆聽音檔，將已知的字母排列組合，並在空格中寫出來。

1. h/b/r/n/a/c ·····> **branch**
2. c/c/a/t/h ·····> **catch**
3. i/c/k/h/c ·····> **chick**
4. n/e/b/c/h ·····> **bench**

Challenge!

請聆聽音檔，並在空格中寫下適當的單字。

1. I sat on a **bench**.
2. Some birds are sitting on a **branch**.

GOOD JOB

1. 我坐在長椅上。
2. 有些鳥坐在樹枝上。

p.153

B 請聆聽音檔，將已知的字母排列組合，並在空格中寫出來。

1. h/s/a/p/e ·····> **shape**
2. b/s/u/r/h ·····> **brush**
3. i/f/s/h ·····> **fish**
4. p/s/i/h ·····> **ship**

Challenge!

請聆聽音檔，並在空格中寫下適當的單字。

1. I used a **brush** to draw a ship.
2. I drew **fish** next to the ship.

GOOD JOB

1. 我用筆刷畫一艘輪船。
2. 我在船的旁邊畫了魚。

p.155

B 請聆聽音檔，將已知的字母排列組合，並在空格中寫出來。

1. h/n/i/t ·····> **thin**
2. c/k/i/t/h ·····> **thick**
3. m/t/n/o/h ·····> **month**
4. a/t/b/h ·····> **bath**

Challenge!

請聆聽音檔，並在空格中寫下適當的單字。

1. This straw is too **thick**.
2. I take a **bath** every day.

GOOD JOB

1. 這支吸管太粗了。
2. 我每天洗澡。

p.157

B 請聆聽音檔，將已知的字母排列組合，並在空格中寫出來。

1. l/w/a/h/e ·····> **whale**
2. h/w/i/p ·····> **whip**
3. e/h/i/w/t ·····> **white**
4. w/e/e/l/h ·····> **wheel**

Challenge!

請聆聽音檔，並在空格中寫下適當的單字。

1. My favorite animal is the **whale**.
2. The color of the wheel is **white**.

GOOD JOB

1. 我最喜歡的動物是鯨魚。
2. 輪子的顏色是白色。

p.165

B 請聆聽音檔，圈出正確的單字，並在空格中寫出來。

1. rain / **train** ·····> train
2. rain / **rain** ·····> rain
3. play / **gray** ·····> gray
4. **play** / gray ·····> play

Challenge!
請聆聽音檔，並在空格中寫下適當的單字。
1. When I took the **train**, it began to rain.
2. Let's **play** hide and seek.

❶ 當我搭火車時，就開始下雨了。
❷ 來玩捉迷藏吧。

p.167

B 請聆聽音檔，圈出正確的單字，並在空格中寫出來。

1. **snow** / window ·····> snow
2. **coat** / boat ·····> coat
3. snow / **window** ·····> window
4. boat / **coat** ·····> boat

Challenge!
請聆聽音檔，並在空格中寫下適當的單字。
1. Snow is falling outside the **window**.
2. It's cold outside. You need a **coat**.

❶ 窗外在下雪。
❷ 外面很冷，你需要穿大衣。

p.169

B 請聆聽音檔，圈出正確的單字，並在空格中寫出來。

1. coin / **oil** ·····> oil
2. **boy** / toy ·····> boy
3. **coin** / oil ·····> coin
4. **toy** / boy ·····> toy

Challenge!
請聆聽音檔，並在空格中寫下適當的單字。
1. The **boy** wants a toy for his birthday.
2. Insert a **coin** into the machine.

❶ 這個男孩生日時想要玩具。
❷ 投一枚硬幣到機器裡。

p.171

B 請聆聽音檔，圈出正確的單字，並在空格中寫出來。

1. teeth / **beach** ·····> beach
2. weak / **week** ·····> week
3. beach / **teeth** ·····> teeth
4. **weak** / week ·····> weak

Challenge!
請聆聽音檔，並在空格中寫下適當的單字。
1. My **teeth** are weak. I can't bite hard foods.
2. Let's go to the **beach** this week.

❶ 我的牙齒很脆弱，不能咬堅硬的食物。
❷ 這周去海灘吧。

p.173

B 請聆聽音檔，圈出正確的單字，並在空格中寫出來。

1. crown / **clown** ·····> clown
2. cow / **brown** ·····> brown
3. **crown** / clown ·····> crown
4. brown / **cow** ·····> cow

Challenge!
請聆聽音檔，並在空格中寫下適當的單字。
1. I saw a **brown** cow on the farm.
2. A clown is wearing a **crown** on his head.

❶ 我在農場裡看到棕色的牛。
❷ 一個小丑的頭上戴著王冠。

p.175

B 請聆聽音檔，圈出正確的單字，並在空格中寫出來。

1. mouth / **cloud** ·····> cloud
2. **mouse** / house ·····> mouse
3. cloud / **mouth** ·····> mouth
4. mouse / **house** ·····> house

Challenge!
請聆聽音檔，並在空格中寫下適當的單字。
1. The cloud is the shape of a **mouse**.
2. My family moved to a new **house**.

❶ 那朵雲朵是一隻老鼠的形狀。
❷ 我的家人搬進了新房子。

p.177

B 請聆聽音檔，圈出正確的單字，並在空格中寫出來。

1. **foot** / wood ·····> foot
2. cook / **book** ·····> book
3. **wood** / foot ·····> wood
4. **cook** / book ·····> cook

Challenge!
請聆聽音檔，並在空格中寫下適當的單字。
1. My left **foot** hurts! I should go to the hospital.
2. The cook is reading his **book**.

❶ 我的左腳好痛！我應該要去醫院。
❷ 這位廚師在讀他的書。

p.179

B 請聆聽音檔，圈出正確的單字，並在空格中寫出來。

1. room / **moon** ·····> moon
2. **food** / pool ·····> food
3. **pool** / food ·····> pool
4. moon / **room** ·····> room

Challenge!
請聆聽音檔，並在空格中寫下適當的單字。
1. It is fun to go to the **pool**!
2. Someday, I will go to the **moon**.

❶ 去游泳池好好玩！
❷ 某天，我會登上月球。

188

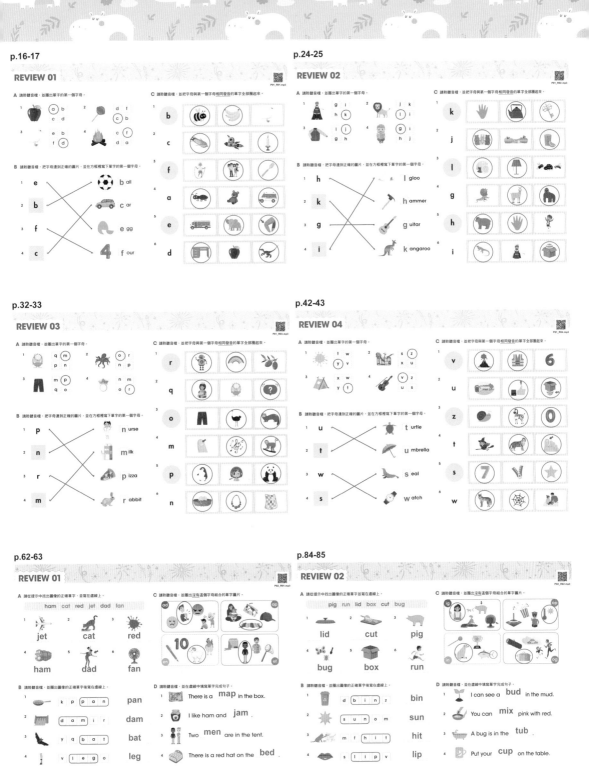

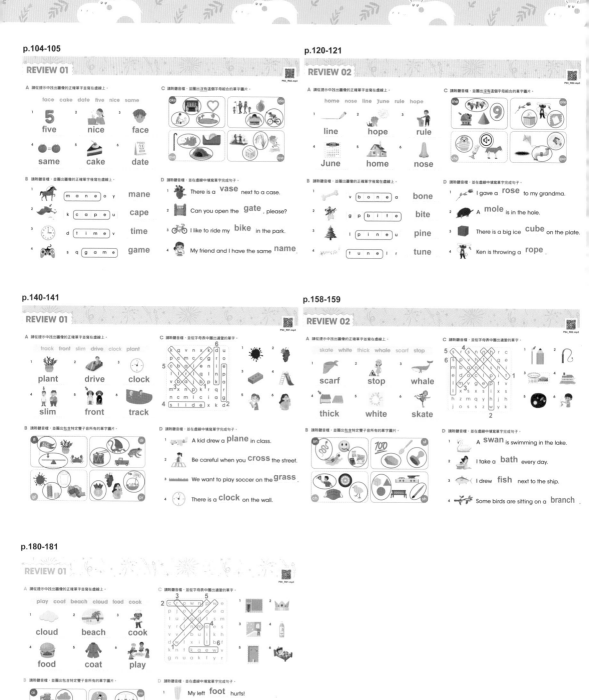

國際學村陪您掌握孩子成長的黃金期，營造最佳英語學習環境！

0-6歲親子互動萬用英文

本書精選近100本世界知名兒童故事繪本朗讀＋外師帶著唱的兒歌童謠＋動畫欣賞，還附上親子英文互動學習的多個推薦網站！教你「聽、說、讀」的方法，增進「親子互動」的樂趣，孩子根本不用教，就可讓「英語」直接變「母語」！

作者 / 高仙永、金聖姬

**隨書附線上音檔QR碼＋
Youtube外師繪本朗讀QR碼**

0-6歲親子互動自然發音

輕鬆在家就能進行的雙語教育，讓孩子跟著輕快的發音歌邊學邊唱、趣味聽讀。每天學一個字母，搭配簡單的練習，只要跟著唱就不會忘，讓孩子玩著玩著不知不覺就記住！爸媽根本不用教，就可讓「英語」直接變成「第二母語」，是親子共讀的最佳素材！

作者 / 金旼奏（Minju Michelle Kim）
附QR碼線上音檔

台灣廣廈 國際出版集團
Taiwan Mansion International Group

國家圖書館出版品預行編目（CIP）資料

0-6歲親子互動自然發音 / 金旼奏（Minju Michelle Kim）著；
張芳綺譯. -- 初版. -- 新北市：國際學村, 2023.12
　　面；　公分
ISBN 978-986-454-317-5（平裝）
1.CST: 英語 2.CST: 發音

805.141　　　　　　　　　　　　　　　　112018357

國際學村

0-6歲親子互動自然發音
跟著唱不會忘，讓孩子玩著玩著不知不覺就記住，神奇的英文發音書！

作　　　者／金旼奏 　　　　　（Minju Michelle Kim）	編輯中心編輯長／伍峻宏・編輯／陳怡樺
譯　　　者／張芳綺	封面設計／何偉凱・內頁排版／菩薩蠻數位文化有限公司 製版・印刷・裝訂／東豪・紘億・秉成

行企研發中心總監／陳冠蒨　　　　線上學習中心總監／陳冠蒨
媒體公關組／陳柔彣　　　　　　　數位營運組／顏佑婷
綜合業務組／何欣穎　　　　　　　企製開發組／江季珊、張哲剛

發　行　人／江媛珍
法律顧問／第一國際法律事務所 余淑杏律師・北辰著作權事務所 蕭雄淋律師
出　　　版／國際學村
發　　　行／台灣廣廈有聲圖書有限公司
　　　　　　地址：新北市235中和區中山路二段359巷7號2樓
　　　　　　電話：（886）2-2225-5777・傳真：（886）2-2225-8052
讀者服務信箱／cs@booknews.com.tw

代理印務・全球總經銷／知遠文化事業有限公司
　　　　　　地址：新北市222深坑區北深路三段155巷25號5樓
　　　　　　電話：（886）2-2664-8800・傳真：（886）2-2664-8801
郵政劃撥／劃撥帳號：18836722
　　　　　　劃撥戶名：知遠文化事業有限公司（※單次購書金額未達1000元，請另付70元郵資。）

■出版日期：2023年12月　　　　ISBN：978-986-454-317-5